LETTRES CORÉENNES
série dirigée par Ch'oe Yun
et Patrick Maurus

NOTRE HÉROS DÉFIGURÉ

DU MÊME AUTEUR

L'OISEAU AUX AILES D'OR, Actes Sud, 1990.
L'HIVER, CETTE ANNÉE-LÀ, Actes Sud, 1990.

Illustration de couverture :
Leonardo Cremonini,
Enfants qui jouent (détail), 1955-1956
© SPADEM, 1990

Titre original :
Uritŭlŭi ilkŭrŏjin yongung
© Yi Munyol, 1987

© ACTES SUD, 1990
pour la traduction française
ISBN 2-86869-577-9

YI MUNYOL

Notre héros défiguré

récit traduit du coréen par Ch'oe Yun et Patrick Maurus

ACTES SUD
HUBERT
NYSSEN
EDITEUR

95340

Tout cela remonte à presque trente années maintenant, mais chaque fois que je repense au combat pénible et solitaire que je dus mener du printemps à l'automne de cette année-là, je retombe dans la même affliction et la même détresse qu'à l'époque. D'une façon ou d'une autre, nous sommes sans cesse empêtrés dans ce genre de lutte, mais si j'éprouve toujours un tel sentiment, c'est sans doute parce que, aujourd'hui encore, je ne m'en suis pas vraiment sorti.

Vers la mi-mars de cette année-là, à l'époque où le Parti libéral s'accrochait encore au pouvoir, je quittai l'établissement de qualité où j'étais inscrit à Séoul pour l'école tout à fait quelconque d'une petite ville de province. Toute ma famille déménagea parce que mon père, en tant que fonctionnaire, avait été victime d'un conflit politique interne. Je venais à peine d'entrer en cinquième année.

En arrivant à l'école primaire Y, le premier jour, je fus extrêmement déçu, pour diverses raisons. A mes yeux, habitués à des immeubles neufs, disposés autour des trois étages en briques d'un bâtiment principal, cette construction de style japonais, ces murs en plâtre et ces quelques classes aux tableaux en goudron délabrés parurent indescriptiblement miteux. Ils provoquèrent en moi la déception mélodramatique que doit ressentir un jeune prince détrôné. Mis à part les questions de dimension et de qualité, il est possible que le seul fait de venir d'une école où il y avait seize classes par niveau m'ait fait regarder avec un dédain hautain une école qui en comptait à peine six. Et, comparées aux classes mixtes, les classes pour garçons et pour filles, bien séparées, me semblèrent très provinciales.

La salle des maîtres vint confirmer cette première impression. Celle de l'école d'où je venais, comme celles des meilleurs établissements de Séoul, était vaste et brillante. Tous les maîtres étaient soignés et pleins de vie. Mais celle-là était tout juste de la taille d'une classe, et les enseignants y fumaient comme des cheminées, à la manière des paysans, assis, mornes, minables et anonymes.

Le maître responsable, reconnaissant ma mère, vint vers nous. Lui non plus ne correspondait pas à mon attente. Sans aller jusqu'à demander une maîtresse aimable et jolie, je pensais au moins avoir un enseignant stylé, doux et attentif. Mais les taches d'alcool de riz sur sa veste me prouvèrent d'emblée qu'il n'était pas à la hauteur. Ses cheveux étaient ébouriffés : il ne devait pas s'être servi d'un peigne, encore moins d'un produit de toilette quelconque. Il y avait peu de chances qu'il se soit passé de l'eau sur le visage ce matin-là, et son attitude laissait à penser qu'il n'écoutait pas vraiment ce que lui disait ma mère. A franchement parler, j'étais terriblement déçu que ce soit là mon nouveau maître. J'eus peut-être alors le pressentiment de la malchance qui allait s'abattre sur moi toute l'année à venir.

Cette malchance se manifesta d'ailleurs peu après, quand je fus présenté à la classe.

— Voici le nouveau, Han Pyongt'ae. J'espère que vous vous entendrez bien.

Après ces quelques mots, le maître me fit asseoir à une place vide au fond de la classe, et passa au travail du jour. En pensant aux attentions des enseignants de Séoul, qui faisaient invariablement durer les présentations, au point d'en créer de la gêne, je ne pus dissimuler ma déception. Il n'avait certes pas à m'accueillir avec tambours et trompettes, mais il aurait pu, par exemple, dire aux autres élèves ce que j'avais fait. Cela m'aurait aidé, du moins je le croyais, dans mon premier contact avec les autres.

Deux choses méritaient pourtant d'être mentionnées : d'abord mon travail. Je n'avais pas souvent été premier, mais, dans une excellente école de Séoul, je faisais tout de même partie des cinq meilleurs. J'en étais assez fier. Cela avait joué un rôle certain dans l'établissement de bonnes relations non seulement avec mes maîtres, mais aussi avec les autres enfants. Par ailleurs, j'étais aussi très bon en dessin. Manifestement pas assez pour gagner un concours national pour enfants, mais suffisamment pour en remporter quelques-uns au niveau de la capitale. Je suppose que ma mère avait insisté sur mes bons résultats et mon talent artistique, mais le maître n'en avait absolument pas tenu compte. La situation de mon père aurait aussi pu éventuellement me servir. Qu'importe s'il avait subi un sérieux revers à Séoul, suffisamment sérieux pour le faire reléguer en province, il était tout de même appelé à devenir l'une des principales personnalités de cette petite ville.

Malheureusement, les enfants s'avérèrent semblables au maître. A Séoul, quand un nouveau arrivait, les autres élèves profitaient de la première récréation pour l'entourer et lui poser des questions comme : *Est-ce que t'es bon élève ? T'es fort ? T'as les moyens ?* enfin des questions dans ce genre-là, ce qu'on pourrait appeler réunir les renseignements nécessaires à la prise de contact. Mais mes nouveaux camarades de classe, comme mon nouveau maître, ne s'intéressèrent pas à tout ça. A la récréation, ils restèrent à distance, me lançant des regards à la dérobée, et quand enfin, à l'heure du déjeuner, quelques-uns s'approchèrent, ce fut pour me demander des trucs comme : *T'as déjà pris le tramway ? T'as vu la Grande Porte du Sud ?* En fait, il n'y eut que mon matériel scolaire pour les attirer ou les impressionner : il était de qualité, et j'étais le seul à en posséder un pareil.

Mais, presque trente années plus tard, ce qui fait que cette journée reste à ce point gravée dans ma mémoire, c'est la rencontre de Om Sokdae.

Alors que les autres enfants m'entouraient dans la classe pour me poser des questions sans intérêt, j'entendis tout à coup une voix assez basse :

— De l'air, vous tous !

C'était une voix suffisamment adulte pour que je me demande un instant si le maître n'était pas revenu. Les enfants sursautèrent et reculèrent brusquement. Moi aussi, j'avais été pris par surprise. Je me retournai alors et vis un garçon assis à un pupitre au fond de la classe. Il était solidement campé là et nous regardait avec un air imposant.

Nous n'avions été ensemble en classe qu'une seule heure, et cependant je l'avais déjà repéré. A la façon dont il avait crié : *Attention ! Saluez !* quand le maître était entré, j'avais conclu que ce devait être le chef de classe. Mais ce qui m'avait fait le repérer parmi une soixantaine d'enfants, à peu près tous de la même taille, ne tenait pas tant à son rôle de chef de classe qu'au fait que, même assis, il faisait une tête de

plus que tous les autres, et que ses yeux semblaient vous transpercer.

— Tu as bien dit que tu t'appelais Han
Pyongt'ae, hein ? Viens ici !

Il avait à nouveau parlé avec cette voix
basse et ferme. Ce fut tout. Il n'avait pas bougé le petit doigt et moi j'étais déjà presque
sur le point de me lever, subjugué par son
regard étrange.

Mais quelque chose me poussa à résister,
avec cette férocité que j'avais apprise en
vivant à la capitale. C'est le premier combat
– cette conviction se grava soudain en moi –
et je décidai de mener ce combat jusqu'à
son terme. Je me dis que si je me comportais
comme une proie facile dès la première escar-
mouche, ma vie dans cette école ne serait pas
facile. Mais ma réaction tenait aussi à une
curieuse défiance devant l'obéissance décon-
certante et quasi absolue des autres élèves.

Je lui demandai avec méfiance, retenant
ma respiration :

— Qu'est-ce que tu veux ?

Il ricana dédaigneusement, et dit :

— Je veux te demander quelque chose.

— Si tu as quelque chose à me demander, viens ici.

— Quoi ?

Un instant, son regard devint méchant,
puis il ricana à nouveau, comme pour signifier : *On aura tout entendu*. Il n'ajouta rien,
mais ses yeux s'attardèrent sur moi avec une
telle intensité qu'il me fut difficile de soutenir

son regard. Je m'étais trop engagé. Je me dis que c'était une sorte de combat, et je rassemblai mes forces. Deux des plus grands élèves assis à ses côtés se levèrent et s'approchèrent de moi.

— Lève-toi !

Ils avaient tous deux l'air furieux, et semblaient prêts à fondre sur moi. Et, quoi que je puisse envisager, je n'aurais en aucun cas fait le poids. D'un seul coup, je fus mis sur mes pieds. L'un des deux m'attrapa le col et cria :

— Om Sokdae t'a appelé ! C'est le chef de classe !

C'était la première fois que j'entendais son nom. Il se grava dans ma mémoire dès cet instant, peut-être en raison du ton de voix étrange du garçon qui l'avait prononcé. C'était comme s'il avait nommé quelqu'un de très important ou de très noble, comme si seuls convenaient respect et obéissance.

Je me figeai à nouveau, mais il n'était pas question de baisser les bras :

— Qui êtes-vous, les gars ?

— Moi, je suis chargé du sport, et lui, il s'occupe du ménage de la classe.

— Bon, et alors ?

— Om Sokdae, notre chef de classe... il t'a pas appelé ?

A entendre pour la deuxième fois que son nom était Om Sokdae, qu'il était chef de classe, et que, pour cette raison, je devais m'avancer et attendre ses ordres, je commençai à me sentir intimidé.

Mon expérience des chefs de classe de Séoul m'avait montré qu'une telle fonction n'avait rien à voir avec la force physique. Ils étaient quelquefois nommés parce qu'ils appartenaient à des familles riches, ou parce qu'ils étaient forts en gym, mais en général, le chef de classe et son adjoint étaient choisis en fonction de leurs résultats scolaires. Mis à part le prestige que ce poste conférait, leur rôle se limitait à servir de messagers entre nous et le maître. Et dans les rares cas où ils étaient physiquement supérieurs, ça ne leur servait pratiquement jamais contre les autres, ni pour imposer des tâches serviles. Ce n'était pas en vue des élections suivantes, mais simplement parce que les enfants ne l'auraient pas toléré. Ce jour-là pourtant, je rencontrai un tout nouveau type de chef de classe.

— Il suffit qu'il appelle, c'est ça ? Il faut accourir et attendre ses ordres ? demandai-je, faisant une dernière tentative, avec la détermination d'un véritable Séoulite.

Je ne pouvais pas comprendre ce qui arriva ensuite. Les mots étaient à peine sortis de ma bouche que les autres élèves éclatèrent de rire. Plus de cinquante enfants s'esclaffèrent, y compris les deux qui s'en étaient pris à moi et Om Sokdae, comme si je venais de dire quelque chose de particulièrement stupide. J'étais totalement perdu. Puis, au moment où je reprenais tout juste assez le contrôle de moi-même pour me demander ce qui avait bien pu provoquer une telle hilarité, le garçon qui s'occupait du ménage étouffa son rire et demanda :

— Tu veux dire que t'obéis pas quand le chef de classe t'appelle ? De quelle sorte d'école tu viens ? Où c'était ? Y avait pas de chef de classe ?

Comment expliquer la brusque déviation dérisoire de l'esprit dont je fus victime à cet instant précis ? J'eus alors le sentiment de très mal agir, de tenir tête au maître qui m'avait appelé.

Il est probable qu'accablé par cette hilarité générale et interminable, mon esprit donna forme à une illusion qui allait me permettre de justifier ma sujétion.

Tandis que je m'approchais avec hésitation de Om Sokdae, son rire bruyant se changea en sourire accueillant.

— C'est si difficile que ça de venir une minute ?

Sa voix était différente, comme teintée d'affection. Je fus tellement touché par sa douceur que je m'inclinai presque. Mais j'étais toujours retenu par une certaine méfiance, et quoiqu'elle ait perdu de sa force, elle m'empêcha de faire une chose à ce point dépourvue de dignité.

Cependant Om Sokdae était vraiment quelqu'un de différent. En quelques instants, il n'avait pas seulement fait s'évanouir l'impression que je pouvais ressentir d'avoir été conduit vers lui contre ma volonté, mais il m'avait libéré de la déception que le maître avait provoquée.

— De quelle école de Séoul t'as dit que tu venais ? C'était une grande ? Une bonne, j'imagine ? La nôtre est pas comparable, hein ?

Avec ces questions, il me fournissait l'occasion de me vanter de mon école de Séoul : je pus lui dire qu'il y avait plus de vingt classes de troisième année, que l'école existait depuis plus de soixante ans, et qu'à l'examen d'entrée de cette année, plus de quatre-vingt-dix élèves avaient été admis au collège Kyonggi.

— Qu'est-ce que t'avais comme notes ? T'étais classé comment ? T'étais bon en quoi ? me demanda-t-il, me donnant l'occasion de me faire valoir avec le premier prix de coréen que j'avais gagné en quatrième année (notre école délivrait déjà des prix dans chaque matière) et celui de dessin que j'avais remporté l'année d'avant au palais Kyongbok.

Ce ne fut pas tout. C'était presque comme si Sokdae pouvait lire dans mon cœur. Il m'interrogea sur mon père et sur ma famille. Et je me retrouvai, sans avoir besoin de jouer les importants, à expliquer aux autres que mon père était le numéro deux de l'administration locale, que nous vivions confortablement, que nous avions la radio et trois horloges, y compris la pendule du mur.

— C'est bien ça… Voyons…

Sokdae croisa ses bras comme un adulte, me donnant l'impression qu'il avait quelque

chose en tête. Il désigna un pupitre en face
du sien.

— Tu t'assieds là. C'est ta place.

Cet ordre inattendu me réveilla un peu.

— Le maître m'a dit de m'asseoir là, dis-
je, me souvenant de la façon dont les choses
se faisaient à Séoul, mais sans toutefois faire
preuve du même esprit combatif qu'un instant auparavant.

Sokdae fit comme s'il n'avait pas entendu.

— Hé, Kim Yongsu, change de place
avec Han Pyongt'ae !

Sur l'ordre de Sokdae, le garçon rassem-
bla ses affaires dans son sac, sans dire un
mot. L'obéissance absolue de cet élève me
sidéra une fois de plus. J'hésitai un instant,
voulant ainsi tout de même exprimer mon
désaccord, puis je finis par changer de place.

Deux autres choses confondirent mon
imagination ce jour-là. L'une survint à l'heure
du déjeuner. Dès la fin de notre conversation, Sokdae posa son casse-croûte sur son
pupitre. Ce fut le signal pour chacun d'ouvrir
sa boîte. Cinq ou six élèves s'avancèrent
pour porter des choses à Sokdae. Parmi les
aliments qu'ils posèrent sur son pupitre, il
y avait des patates douces cuites à la vapeur,
des œufs, des cacahuètes grillées, des pommes
et d'autres choses de ce genre. Puis un garçon du premier rang fit couler un peu d'eau
dans une tasse de porcelaine et la plaça

devant lui avec respect. Chacun se conduisait comme avec le maître un jour de piquenique. Sokdae acceptait tout sans le moindre mot de remerciement. Le maximum qu'il fit, ce fut d'esquisser un sourire à l'adresse du garçon qui lui avait apporté les œufs.

Le deuxième événement survint pendant la récréation, après le quatrième cours. Deux garçons près de moi commencèrent à se battre et l'un d'entre eux saigna du nez. Les élèves qui regardaient vinrent directement trouver Sokdae. C'était exactement comme quand les garçons de Séoul allaient auprès du maître dès qu'ils se trouvaient devant un problème qu'ils ne pouvaient résoudre seuls. D'ailleurs, la façon dont il s'occupa du problème dès qu'il en fut averti ne fut pas vraiment différente de celle d'un maître. Il boucha le nez du garçon qui saignait avec un tampon de coton pris dans la boîte de secours. Puis il lui fit tenir sa tête en arrière. Il gifla à plusieurs reprises le coupable et le fit s'agenouiller sur l'estrade, les bras levés. Les deux garçons obéirent à Sokdae, comme si ses ordres étaient parfaitement normaux. Plus étonnante encore fut l'attitude du maître quand il rentra pour le cours. Après avoir écouté calmement le rapport de Sokdae, il prit la badine qui servait à battre le chiffon à poussière et donna plusieurs coups violents sur les paumes du coupable, s'associant de cette façon avec force, bien plus efficacement qu'avec des mots, à ce qui me semblait un comportement scandaleux de la part de Sokdae.

De retour à la maison après la classe, je me mis à réfléchir très soigneusement à cette situation nouvelle. Je nageais dans une confusion faite d'une certaine paralysie intellectuelle, provoquée par une immersion soudaine dans un environnement étrange, et du sentiment d'être menacé par le poids et la solidité de cet environnement. Tout cela était si embrouillé que je ne pouvais réfléchir.

Bien sûr, à douze ans, on fait souvent preuve d'une innocence enfantine, et les souvenirs encore vifs de cette journée me paralysaient un peu, brouillant mes idées, mais j'eus le sentiment de ne pouvoir me faire à cette nouvelle situation. Ce qui s'était passé allait à l'encontre des principes dans lesquels j'avais été élevé, la raison et la liberté, pour utiliser des mots d'adultes. Je n'avais pas encore subi le choc principal, mais j'avais déjà un peu plus que le vague pressentiment de la violence et de l'irrationalité de ce que j'allais avoir à endurer après m'être soumis à cette nouvelle situation. On aurait dit qu'un plan préconçu et horrible se mettait en place.

Néanmoins, l'idée de résister ouvrait des perspectives particulièrement lugubres. Savoir par où commencer, contre qui me battre, et comment mener le combat, tout cela était obscur. Ma seule certitude, c'était que quelque chose allait de travers, qu'il y avait une énorme

21

injustice fondée sur l'irrationalité et la violence, pour utiliser encore des mots d'adultes. Cela aurait été attendre trop de moi que je fasse alors preuve d'une compréhension concrète ou que je puisse fournir une réponse concrète. Pour dire la vérité, même à près de quarante ans, je ne sais pas trop comment faire dans ce genre de situation.

Comme je n'avais pas de frère, je fus conduit à parler de Sokdae à mon père. Je voulais lui raconter tout ce que j'avais eu à subir et lui demander des conseils pour l'avenir. Mais il eut une réaction inattendue. J'avais à peine fini de décrire le comportement étrange du chef de classe et j'allais l'interroger afin d'obtenir son opinion quand il dit, d'une voix pleine d'étonnement :

— C'est vraiment quelqu'un, ce garçon ! Tu as dit qu'il s'appelait… Om Sokdae, n'est-ce pas ? S'il est déjà comme ça à son âge, il fera certainement de grandes choses !

De toute évidence, il n'y avait pour mon père aucune injustice dans toute cette histoire. Me mettant en colère, je lui parlai du système employé à Séoul. Je lui décrivis le mode d'élection de nos chefs de classe, et l'étendue de nos libertés. Mais mon père sembla interpréter mon attachement à la raison et à la liberté comme autant de signes de faiblesse.

— Quel pleutre tu fais ! Pourquoi dois-tu toujours te cacher dans la foule ? Et pourquoi tu ne deviendrais pas chef de classe ? Réfléchis un petit peu à ce que ça serait… Au moins, tu comprendrais ce qu'un chef de classe doit faire !

Il entreprit de me convaincre d'ambitionner cette place, celle de Sokdae, et de ne pas me tracasser pour la situation de la classe, le système qui en était la cause et son mauvais fonctionnement.

Pauvre papa ! Ce n'est que maintenant que je crois commencer à le comprendre : il faisait alors l'expérience du goût amer de l'humiliation, du sentiment d'impuissance, une fois devenu simple chef du bureau local des affaires courantes, après avoir occupé un poste en or à l'administration centrale. Il avait été victime d'un patron trop zélé, parce qu'il était resté à son bureau, omettant de se précipiter pour accueillir le ministre lors d'une inspection. Il devait avoir une plus grande soif de pouvoir qu'à toute autre époque de sa vie. Mais il avait toujours été raisonnable, au point de réprimander sévèrement ma mère qui avait souvent confondu ma vivacité avec le fait que je frappais mes camarades.

Néanmoins, comme je ne pouvais pas tout connaître de son passé à cette époquelà, son attitude me laissa complètement désorienté. Après mon maître d'école, il était celui qui avait le plus d'influence quand je cherchais à me forger une opinion sur quelque chose. Sa réaction ne fit donc qu'accroître ma confusion. Loin d'en tirer une leçon me permettant de faire bonne figure dans ce combat, je me retrouvai plus indécis encore devant l'injustice dont la réalité allait rendre mon combat inéluctable.

En dépit de cela, j'écoutai attentivement ce que disait mon père. Dès que j'arrivai à l'école le lendemain, je commençai à étudier les différentes possibilités. L'avis de mon père était toutefois impossible à suivre. Contrairement à ce qui se passait à Séoul, où le chef de classe était élu chaque semestre, on m'avait dit qu'il n'y aurait pas d'élection avant le printemps suivant. Et il était impossible de savoir quelle serait la composition de la classe à ce moment-là. Si je me préparais à une élection, il n'y avait aucune chance que quelqu'un comme moi, tout juste parachuté dans le cinquième niveau, puisse la gagner. Et même si cela était possible, la seule pensée des humiliations que les autres enfants et moi-même aurions à subir entre-temps était un cauchemar : Om Sokdae n'attendrait pas que je sois fin prêt.

La petite friction du premier jour, même si elle s'était achevée sur une reddition de ma part, avait dû laisser une profonde impression sur Sokdae. Elle l'avait sans aucun doute mis sur ses gardes. Peut-être n'était-il pas convaincu que sa victoire du premier jour était complète et voulut-il pousser son avantage le lendemain. Une fois encore à l'heure du déjeuner. Je venais juste d'entamer mon casse-croûte, quand un des élèves du premier rang se retourna pour me dire :

— C'est ton tour aujourd'hui. Va chercher une tasse d'eau pour Om Sokdae. Tu pourras manger après.

— Quoi ?

Sans y prendre garde, j'avais élevé la voix. Quelque peu décontenancé, il jeta un coup d'œil en direction de Sokdae, puis rétorqua en ricanant :

— T'es sourd ou quoi ? Une tasse d'eau ! Faut bien que notre chef de classe il puisse digérer, non ? C'est ton tour d'y aller !

— Et qui a décidé ça ? Pourquoi on devrait aller chercher de l'eau pour le chef de classe ? C'est un professeur ou quoi ? Il n'a pas de mains et pas de pieds ?

Je fis face bruyamment, complètement outré. A Séoul, une telle commission aurait été ressentie comme une terrible insulte. Il me fallut une grande volonté pour ne pas éclater en injures. Ma violence fit hésiter l'élève. Soudain, la voix déjà familière de Om Sokdae retentit dans mon dos avec une intonation menaçante :

— Hé, Han Pyongt'ae, boucle-la et va chercher de l'eau !

— Non, je n'irai pas.

Je lui opposai ainsi un refus absolu. J'étais tellement en colère que je ne l'avais même pas vu. Il referma violemment le couvercle de sa boîte et vint vers moi, le visage courroucé.

— Il va falloir que je m'occupe de toi, mon petit salaud, cria-t-il d'une voix menaçante, le poing levé et les yeux noyés de colère. Debout ! Va immédiatement me chercher de l'eau.

Il semblait décidé à me forcer à obéir. Effrayé par cette soudaine explosion de colère – il me semblait que l'un de ses poings pouvait me frapper à tout instant – je me levai d'un seul coup. Mais je ne pouvais vraiment pas m'acquitter de cette commission. J'hésitai, puis une idée me vint.

— D'accord. Mais je vais simplement demander d'abord au maître. Ensuite j'irai te chercher de l'eau. Je lui demanderai s'il est normal qu'un camarade de classe aille chercher de l'eau pour le chef de classe.

A peine avais-je fini que je m'éloignai. Je jouais le tout pour le tout sur le sentiment qu'il faisait très attention à donner une bonne image de lui au maître. L'effet fut immédiat, ce qui m'étonna moi-même. Je n'avais pas fait trois pas qu'il cria :

— Stop !

Et il ajouta, dans un rugissement :

— C'est bon. Laisse tomber. Je n'ai pas besoin d'eau d'un petit salaud dans ton genre.

A première vue, cela ressemblait à une victoire. Mais en vérité, c'était le début d'un long et pénible combat qui devait durer six mois.

En fait, comme Sokdae dirigeait la classe depuis un an sans réelle opposition, mon attitude avait dû paraître vexante et provocante. Elle avait certainement été interprétée comme plus que de la résistance : un véritable défi. De plus, il était suffisamment fort dans tous les domaines pour pouvoir m'écraser, s'il le voulait. Je veux dire par là qu'il disposait à la fois du pouvoir légitime que lui avait conféré le maître et du meilleur poing de toute l'école.

Mais, loin de brandir le poing, il ne manifesta aucune hostilité à mon égard. L'autorité qu'il tenait du maître, pour vérifier les devoirs ou distribuer les corvées de nettoyage, il ne s'en servit pas contre moi. A y repenser, il fit alors preuve d'un bien étrange sang-froid, d'une rigueur tout à fait inattendue de la part d'un enfant.

Les persécutions et discriminations vinrent toujours de loin. Les bagarres furent déclenchées, sous de bien futiles prétextes, par des élèves qui ne semblaient pas du tout liés à Sokdae. Et quand toute la classe se moquait de moi ou me faisait passer un sale quart d'heure, il n'était jamais là. Et il en allait de même lorsqu'ils m'excluaient de leurs jeux, manifestaient une hostilité gratuite, ou quand un groupe qui jacassait bruyamment se taisait dès que je m'approchais. Sokdae était manifestement derrière tout cela, mais il n'était jamais dans les parages. Et puis il y avait la question des informations, sans doute négligeable pour un adulte, mais très importante pour des enfants. Ainsi quand le colporteur apparaissait, quand le cirque plantait sa tente, quand un combat de taureaux était annoncé, quand le centre culturel passait un film gratuit sur la rive du fleuve, j'étais toujours tenu à l'écart. Sans pouvoir clairement établir un lien entre cette situation et Sokdae.

En fait, quand j'avais affaire à Sokdae, c'est qu'il intervenait pour régler un problème. Quand j'étais aux prises avec quelqu'un qui me cherchait, et contre lequel je n'aurais pas fait le poids de toute façon, c'est Sokdae qui intervenait pour empêcher la bagarre. Et c'est encore grâce à lui qu'après un long isolement je fus admis à participer aux jeux collectifs.

Néanmoins, le sang-froid et la rigueur quasi cliniques de Sokdae n'avaient d'équivalent que l'acuité de ma compréhension de ce qui se passait. Dès le début, j'avais perçu intuitivement le lien invisible qui guidait la persécution.

J'eus la prémonition lucide que tout cela était un sale coup destiné à me faire rentrer dans le rang. Par conséquent, loin de m'arracher des remerciements, ses bienfaits me faisaient vibrer de honte. A chaque occasion, le feu de la haine dévorait plus encore mon cœur et me donnait la force de supporter le long et difficile combat à venir.

S'agissant de combat, est-il besoin de le dire, la victoire à laquelle peut aspirer un gamin de douze ans est celle que procure la force. Mais dans ma confrontation avec Sokdae, il n'avait jamais été question de cela, depuis le premier jour. Il avait une tête de plus que moi, et sa force était comparativement plus grande. D'après ce que j'avais entendu dire, sa date de naissance était fausse. Il avait beau être dans la même classe que nous, il avait deux ou trois années de plus. Et il était sans rival lorsqu'il s'agissait de se battre. En quatrième année de l'école primaire, il était déjà suffisamment rapide et intrépide pour corriger un collégien.

Par conséquent, la première chose que j'avais à faire était d'enfoncer un coin entre lui et les autres élèves, qui étaient tous de son côté. Il y en avait en particulier trois ou quatre, de la même taille, au fond de la classe, et je me concentrai sur eux, me figurant que si je pouvais enfoncer un coin là, je serais à même, avec leur aide, d'engager la partie contre Sokdae.

C'est donc là que je fis porter tous mes efforts. Négligeant les remontrances de ma mère à propos de mes trop grandes dépenses d'argent de poche, je m'arrangeai pour acheter provisoirement leurs faveurs, mais mes tentatives pour créer une faille entre eux et Sokdae échouèrent chaque fois. Les choses allaient d'abord à peu près bien, et je pensais avoir un peu progressé. Cependant dès que je disais quelque chose qui était destiné à les dresser contre Sokdae, leurs visages se fermaient inévitablement, et, invariablement, ils m'évitaient le jour suivant. Ils semblaient éprouver une terreur instinctive devant Sokdae.

Néanmoins, quand j'y repense, mes échecs étaient dus autant à mes erreurs qu'à ses qualités de chef. Même dans un esprit d'enfant, il doit y avoir quelque chose qui ressemble à l'aspiration des adultes à la justice et la liberté. Mais au lieu d'essayer d'éveiller ces garçons à une grande cause ou de les persuader de la soutenir, je me laissais dominer par mes sentiments personnels et mon tempérament emporté, en tentant d'obtenir un gain immédiat. Et j'y avais ajouté cette tromperie basse et sournoise qui accompagne souvent l'agitation des adultes.

C'est dans le domaine des études, domaine dans lequel j'étais très confiant, que je subis ma plus lourde défaite. Au début, j'avais pensé rabaisser Sokdae grâce à mes notes d'examen. Pendant un mois, j'eus en tête la composition de la mi-avril : c'était une occasion en or.

J'avais mes raisons pour être confiant dans ce domaine au moins. La différence considérable entre mon école de Séoul et celle-là me donnait à penser qu'il me serait facile de prendre la première place, d'autant plus que Sokdae ne semblait pas travailler beaucoup. Aujourd'hui encore, j'ai l'habitude de classer les gens en deux catégories : ceux qui se servent de leur esprit, et ceux qui se servent de leur corps. En général, ça marche. C'est peut-être depuis cette histoire que l'habitude m'en est venue.

J'attendis la composition, comptant calmement les jours, mais les résultats ne furent pas ceux que je pensais. A ma grande surprise, Sokdae obtint une moyenne de 98,5, terminant non seulement premier de notre classe, mais aussi de toutes les cinquièmes. Avec mon 92,6, je terminai difficilement deuxième de notre classe, ne figurant pas même parmi les dix premiers de toutes les cinquièmes. L'écart était moins grand en termes de points qu'en termes de poings, mais je n'étais vraiment pas de force à lutter contre lui. La différence était telle qu'elle interdisait de la trouver étrange ou de se mettre en colère.

Je continuai néanmoins ce combat sans espoir, emporté par un zèle aussi sombre que bizarre, que je comprenais mal moi-même. Je ne pouvais compter ni sur ma force, ni sur les coups bas, ni sur les études. Je me tournai donc vers les faiblesses de Sokdae, car j'étais sûr qu'il s'était servi des autres. Je mis en œuvre très vite cette stratégie dont les adultes se servent quand tout le reste a échoué : la rumeur.

Je commençai à rechercher les méfaits passés de Sokdae, de façon à pouvoir, en premier lieu, utiliser ces renseignements pour enfoncer un coin entre lui et le maître. Je savais qu'une grande part de son pouvoir venait autant de la confiance que lui témoignait le maître que de ses poings. Cette confiance aveugle, qui lui conférait le pouvoir de distribuer les corvées de nettoyage, de vérifier le travail fait à la maison, et même de distribuer les punitions, donnait un fondement de légitimité à sa violence et lui permettait de régner sans partage. Je ne peux donner d'explication logique, mais je sais que je l'avais clairement senti.

Pourtant, mettre au jour les méfaits de Sokdae n'était pas non plus très aisé. A en juger par l'atmosphère de répression qui régnait dans la classe et par les visages accablés de mes camarades, je me disais qu'il me suffirait de creuser un petit peu et tous ses crimes seraient révélés. Mais je ne réussis pas à trouver quoi que ce soit qui valût la peine d'en parler.

De toute évidence, il frappait et maltraitait les élèves, mais presque toujours en pouvant se prévaloir de l'approbation du maître, et, s'il mangeait leurs casse-croûte et se servait sans contrepartie de leurs affaires, les autres lui donnaient tout gratuitement.

Plus je l'étudiais, et mieux je comprenais les raisons pour lesquelles le maître lui faisait confiance.

Notre classe, sous la baguette de Sokdae, était un modèle pour toute l'école. Ses poings avaient plus d'effets que la discipline superficielle d'un maître de garde ou d'un surveillant pour empêcher les élèves de manger des bonbons ou de violer telle règle insignifiante. Quand il avait la responsabilité du nettoyage, il veillait à ce que notre classe soit la plus propre de l'école, et à ce que notre plate-bande soit toujours impeccable. Quand il avait celle des plantations, nous avions les meilleurs résultats de toute l'école. Les versements obligatoires qu'il nous imposait permettaient à notre classe d'avoir plus de meubles que les autres. Nos murs étaient couverts de cadres très chers. Avec lui comme capitaine, nous gagnions toutes les compétitions. Avec son système de contraventions qui ressemblait au système de contrôle des adultes, il obtenait plus de résultats que les maîtres, et plus vite. Et, quoique ça n'ait pas été très important, ses poings protégeaient tous les élèves de notre classe contre les enfants des autres classes. Cela aussi devait plaire à notre maître.

En dépit de tout cela, je continuai mon combat avec la passion que nourrit tout dessein perfide, et plus désespérées semblaient les perspectives, plus je brûlais de ténacité perverse. Tout mon être était tourné vers Sokdae avec l'espoir de mettre au jour ses méfaits. Même maintenant, je ne comprends pas son attitude à mon égard. Trois mois . étaient passés depuis mon arrivée dans cette école, et les autres lui avaient certainement signalé mes tentatives contre lui, mais son attitude n'avait pas varié. Loin de montrer quelque déplaisir, il ne manifesta pas même d'impatience. C'était là une indulgence particulièrement remarquable, que la différence d'âge n'expliquait pas. Sans cette passion qui trouvait sa source dans mon dessein perfide, j'aurais été sans doute déjà à ses genoux.

Mais on a toujours intérêt à attendre. Mon heure finit par sonner. Ce devait être aux environs de la mi-juin, puisque les acacias blancs avaient fleuri sur la digue qui menait à l'école. Yun Pyongjo, de la laverie, avait apporté quelque chose de spécial à l'école, et il s'en vantait devant les autres. C'était un briquet plaqué or, un de ceux qu'on appelait briquets ronds. Il provoqua une certaine agitation et passa de main en main. Sokdae, qui était sorti un instant, l'aperçut dès qu'il rentra. Il s'approcha, tendit la main et dit :

— Laissez-moi voir.

Les élèves, qui riaient jusqu'alors et exprimaient bruyamment leur admiration, firent instantanément silence. Le briquet se retrouva dans les mains de Sokdae. Il l'examina un moment.

— A qui est-ce ? demanda-t-il à Pyongjo, sans manifester quoi que ce soit.

— A mon père, répondit Pyongjo, d'une voix réduite à un murmure. Sokdae baissa aussi un peu la sienne.

— Il te l'a donné ?

— Non, je l'ai juste apporté à l'école.

— Qui sait que tu l'as pris ?

— Personne à part mon frère.

Un léger sourire apparut sur les lèvres de Sokdae, et il se mit à examiner plus attentivement le briquet.

— Ouais, il est beau ! dit-il enfin, tenant fermement l'objet et regardant intensément Pyongjo.

J'avais observé Sokdae dès le début de la scène. Je tendis plus encore l'oreille à ces derniers mots. A force de le regarder faire, je savais qu'en parlant ainsi, il voulait dire autre chose que ce qu'on pouvait comprendre. Quand il voulait quelque chose qui appartenait à quelqu'un d'autre, son *Ouais, c'est beau !* signifiait qu'il le demandait. En général, ça suffisait pour qu'on le lui donne, mais il arrivait que le garçon hésite et Sokdae disait alors : "Prête-le-moi." Ce qui signifiait naturellement : "Donne-moi ça !" Personne ne pouvait s'y opposer et l'objet atterrissait invariablement dans sa main. Voilà comment il ne prenait jamais rien aux autres : il recevait. Je ne savais pas comment interpréter cette coercition silencieuse ou ces expressions qui signifiaient autre chose que ce qu'elles semblaient être, et je considérais ces donations comme volontaires, mais aujourd'hui, je m'aperçois qu'elles ne bénéficiaient même pas de l'excuse des apparences.

Comme on pouvait s'y attendre, Pyongjo, au bord des larmes, réagit fermement :

— Rends-le-moi ! Je dois le remettre en place avant le retour de mon père !

— Où il est allé, ton père ? demanda Sokdae, faisant mine de ne pas voir la main tendue de Pyongjo.

— A Séoul, il revient demain.

35

— Je vois… fit Sokdae, en traînant sur la dernière voyelle et en examinant le briquet une fois de plus. Quelque chose dut lui passer tout à coup dans la tête, et il se retourna vers moi pour me jeter un coup d'œil. Je l'observais, espérant qu'il commette une erreur décisive, mais son regard soudain me fit reculer. Il semblait me dire que ma présence l'agaçait, et son éclat, qui prouvait qu'il était en colère, me fit reculer plus encore. Mais ça ne dura qu'un instant. Avec l'air de celui qui n'est pas concerné, il rendit le briquet :

— Bon, c'est dommage. Je voulais juste te l'emprunter…

Je fus très déçu qu'il le rende si facilement. Ses yeux, qui collaient littéralement au briquet, tandis qu'il le caressait et l'examinait, m'avaient clairement révélé une extraordinaire cupidité. Ma peur s'accrut à la constatation qu'il pouvait si facilement se contrôler et changer d'attitude.

Mais Sokdae lui-même avait ses limites. Sur le chemin du retour, je constatai que Pyongjo était très différent du matin. Il avait l'air ennuyé et, tandis que les autres élèves s'échappaient de l'école en hurlant, il s'était mis à marcher quelques pas derrière eux, les épaules basses. Je crus deviner tout de suite pourquoi.

Nous habitions dans le même quartier, et nous aurions pu rentrer ensemble, mais je décidai de le suivre d'abord à distance, parce que j'imaginai Sokdae nous épiant de quelque cachette. Ce ne fut que lorsque je vis tous les autres enfants s'éparpiller vers les différents quartiers, laissant Pyongjo rentrer seul, traînant les pieds, que j'accélérai le pas. En une seconde, je fus à ses côtés.

— Hé, Yun Pyongjo ! appelai-je.

Il marchait lentement, perdu dans ses pensées. Tiré brutalement de ses rêveries, il se retourna.

— Sokdae t'a pris le briquet, hein ? demandai-je sans détour, sans lui laisser d'échappatoire. Il jeta un coup d'œil rapide autour de nous et me répondit, d'une voix découragée :

— Il me l'a pas vraiment pris… Je le lui ai prêté…

— Ça veut dire qu'il te l'a pris, hein ? Ton père rentre pas demain ?

— Je dirai à mon frère de se taire.

— Tu veux dire que tu voleras le briquet de ton père pour le donner à Sokdae. Il dira rien, ton père, s'il perd un si beau briquet ?

Son visage s'assombrit encore.

— Ça m'inquiète aussi, ça. C'est un cadeau d'un oncle du Japon.

Il avait fini par tout avouer. Et, avec un profond soupir qui n'était pas vraiment celui d'un enfant, il ajouta :

— Qu'est-ce que je peux faire ? Sokdae le veut.

— Tu le lui as prêté, non ? Tu peux reprendre ce que t'as prêté, dis-je en ricanant parce que je lui en voulais de sa résignation trop rapide. Mais, plongé qu'il était dans son inquiétude, il ne comprit pas mon sarcasme.

Au contraire, il le prit au pied de la lettre :

— Il me le rendra pas.

— Ah bon ? C'est ça que t'appelles prêter ? Tu veux dire qu'il l'a pris ?

— ...

— Ne sois pas stupide ! Pourquoi tu le dis pas au maître ? C'est quand même mieux que de te faire gronder par ton père, tu crois pas ?

— Je peux pas faire ça !

Sa voix monta soudain. Il secoua la tête pour montrer sa résolution. Une fois de plus, je me heurtais à la psychologie particulière de ces élèves, et elle me restait incompréhensible.

— Il te fait si peur que ça ?

Ça me semblait le moment ou jamais d'établir définitivement ce fait mais je ne réussis qu'à écorcher son orgueil, en pure perte d'ailleurs. Malgré l'éclair bleu dans ses yeux humiliés, il répondit sans hésiter :

— Tu sais rien, alors tu restes en dehors de ça !

Ce ne fut pourtant pas un échec absolu. Pyongjo continua sa route en silence, les lèvres fermées comme un coquillage après ce que je venais de lui dire. Je continuai à le suivre, et j'obtins la certitude que Sokdae lui avait bien pris le briquet, et que cela n'avait rien d'un prêt. C'était important, puisque j'étais justement à la recherche de la preuve d'un de ses forfaits.

Dès que j'arrivai à l'école, le lendemain, je me dirigeai vers la salle des maîtres pour y trouver le nôtre. Sans avoir le sentiment même diffus de commettre une lâcheté, je lui racontai l'histoire de Yun Pyongjo et d'autres, semblables, dont j'avais été le témoin ou dont j'avais entendu parler depuis mon arrivée dans cette école. Mais, bien que je lui eusse offert ainsi un parfait exemple de l'intelligence séoulite, il eut une réaction inattendue.

— Qu'est-ce que c'est que cette histoire ? Tu es sûr de ce que tu dis ?

Je pus lire sur son visage que cette histoire le dérangeait. Contrarié, je me mis toutefois à énumérer les mauvaises actions de Sokdae, purement conjecturales celles-là. Le maître n'eut pas l'air de vouloir en écouter davantage, et il se débarrassa de moi avec un ton qui révélait son irritation :

— Ça va, ça va... Retourne en classe. On verra ça !

Je sentis que je ne pouvais pas compter sur lui. Mais, en même temps, je ne pus m'empêcher d'attendre avec impatience que la classe commence, puisqu'il avait dit qu'il allait étudier la question. Mais quelque chose survint, juste avant l'étude du matin, qui changea tout. Un garçon, chargé des messages, entra par la porte de derrière, fit signe à Sokdae et lui murmura quelque chose. Ce garçon avait fini l'école primaire depuis deux ans, mais y était resté comme coursier. Dès que je l'aperçus, je me sentis mal à l'aise. Je me souvins qu'au moment même où je parlais avec le maître, il se trouvait tout près, à tirer des polycopiés.

Comme on pouvait s'y attendre, Sokdae revint à sa place, réfléchit un instant, sortit le briquet de sa poche et le tendit à Pyongjo.

— Ton père rentre aujourd'hui, non ? Alors rends-lui ça !

Puis il ajouta, d'une voix plus haute :

— Je l'avais pris au cas où t'aurais mis le feu ou un truc dans ce genre-là. Les enfants devraient pas jouer avec ça.

Il avait parlé suffisamment fort pour que toute la classe l'entende. Pyongjo parut tout d'abord complètement désorienté, puis son visage s'éclaira.

Moins de cinq minutes plus tard, le maître rentra dans la classe, avec une expression plus sévère qu'à l'accoutumée.

— Om Sokdae !

A peine parvenu à l'estrade, il l'avait appelé.

Sokdae répondit et se leva très calmement. Le maître dit, en tendant la main dans sa direction :

— Apporte le briquet ici !

— Quoi ?

— Le briquet du père de Yun Pyongjo !

Sokdae répondit, le visage impassible :

— Je l'ai déjà rendu à Pyongjo. Je le lui avais pris pour éviter qu'il remette le feu ou une bêtise de ce genre.

— Comment ça ?

Le maître me jeta un regard courroucé, mais interrogea Pyongjo pour en avoir le cœur net :

— Est-ce qu'il dit la vérité ? Où est ce briquet ?

— Je l'ai ! répondit précipitamment Pyongjo.

Abasourdi, je restai là comme un idiot, incapable d'expliquer ce retournement de situation. J'entendis le maître prononcer mon nom.

— Qu'est-ce qui se passe ici ?

En fait, ce n'était pas une question. Il me remettait carrément à ma place. Je sautai sur mes pieds et criai :

— Il l'a rendu ce matin… Il y a juste un moment…

Ma voix tremblait malgré moi, car je devinais qu'il ne me croyait pas.

— Tais-toi ! Tout ça pour rien ! dit le maître en me coupant la parole.

Du coup, je n'eus pas la possibilité de lui expliquer que le coursier de l'école avait averti Sokdae. De toute façon, je n'en avais aucune preuve. Le maître m'ignora et se tourna vers la classe :

— Est-il vrai que Om Sokdae vous maltraite ? Est-ce que vous avez à vous plaindre de lui ?

Puisqu'on a commencé à en parler, semblait dire sa voix, autant crever l'abcès. Les visages des élèves se figèrent étrangement. Ce que voyant, le maître, intrigué, prit une voix plus douce, comme complice :

— Vous pouvez dire ce que vous voulez,

41

vous n'avez pas à avoir peur de Om Sokdae. Parlez. Qu'est-ce qui a été pris ? Et quand ? Qui a été frappé sans raison... ? Dites-le-moi... N'importe qui...

Personne ne leva la main, ni ne se dressa. Personne même ne se troubla. Laissant paraître un soulagement, le maître fixa les élèves pendant un moment, puis demanda de nouveau :

— Personne ? D'après ce qu'on m'a dit, il devrait y en avoir plusieurs !

Une moitié de la classe, la plus proche de Sokdae, répondit en criant :

— Personne !

Le visage du maître s'éclaira davantage, et il répéta sa question, comme pour se rassurer :

— Vous êtes sûrs ? Rien de ce genre ?

— Non, rien !

Cette fois-là, à part Sokdae et moi, tous les élèves avaient répondu, en criant le plus fort possible.

— C'est bon. Alors passons au travail.

Le maître, qui avait mené toute l'affaire comme si, dès le début, il en connaissait le dénouement, ouvrit le cahier d'appel. Il me laissa tranquille, faisant si aveuglément confiance à Sokdae et aux autres que je m'estimai finalement plutôt heureux de ne pas avoir été puni devant toute la classe.

Le cours commença, mais, atterré par ce stupéfiant retournement de circonstances, il me fut impossible d'entendre quoi que ce soit de ce que disait le maître. Tout ce que je pus enregistrer fut l'étrange bourdonnement de la voix de Sokdae, occupant le terrain et répondant à toutes les questions, avec une nuance de triomphe inconnue. Ce ne fut qu'une fois le cours terminé que la voix du maître me parvint.

— Han Pyongt'ae, je te verrai dans une minute dans la salle des maîtres ! dit-il en sortant, faisant un effort pour rester calme, alors qu'il était manifestement en colère. Je me levai machinalement et le suivis, emportant les mots hostiles que quelqu'un avait enfoncés dans mes oreilles :

— Petit salaud ! Espèce de cafard !

En m'attendant, le maître tirait sans arrêt sur sa cigarette, afin de calmer sa colère.

— C'est très mal d'inventer des histoires sur le compte des autres !

Il s'en prit à moi dès mon entrée. Interprétant sans doute mon silence, dû en fait à la consternation, comme une sorte d'aveu, il ajouta :

— J'avais fondé de grands espoirs sur toi, puisque tu venais de Séoul et que tu étais un bon élève, mais je dois dire que je suis bien déçu. Je m'occupe de cette classe depuis deux ans, et c'est la première fois que je vois une chose pareille. J'ai peur à l'idée que nos élèves pourraient finir par te ressembler !

J'étais déjà assez furieux en raison des termes injurieux qu'avait employés l'élève alors que je quittais la classe, mais à présent, son réquisitoire me donnait envie de hurler. La compréhension intuitive du danger me permit d'éviter le piège. Si je ne me reprenais pas, ce serait vraiment la fin. Au fond du désespoir, je dus faire des efforts inouïs pour rester maître de moi.

— Le coursier a répété à Sokdae ce que je vous avais dit. Quand il a entendu ça... juste avant votre arrivée...

Je cherchai les mots que j'avais été incapable de trouver en classe.

— Et les autres ? Est-ce qu'ils n'ont pas tous dit que rien ne s'était passé ?

Il me réprimanda, sans être sans doute tout à fait convaincu. Mais, moi, j'étais comme fou.

— Les autres ont peur de Om Sokdae.

— C'est pour cela que j'ai posé deux ou trois fois la question.

— Mais c'était devant Om Sokdae !

— Tu veux dire qu'ils ont plus peur de lui que de moi ?

Une bonne idée me traversa l'esprit.

— Appelez-les un par un quand Sokdae n'est pas là, et interrogez-les, ou faites-les écrire sans qu'ils donnent leurs noms. Je suis certain qu'ils révéleront ses fautes.

J'étais si convaincu de ce que je disais que je criais presque. Les autres maîtres nous jetaient des coups d'œil, persuadés qu'il se passait quelque chose d'étrange.

Si j'étais si convaincu, c'est parce que j'avais vu des maîtres de Séoul utiliser cette méthode de temps à autre pour trouver une solution à un problème autrement insoluble, par exemple pour retrouver une chose dont nous ne savions même pas quand elle avait été perdue.

— Tu veux maintenant que je fasse des soixante élèves des indicateurs ? dit le maître, en se tournant vers les autres maîtres, comme pour montrer que tout cela le dépassait. L'un d'eux me jeta un regard, puis se mêla à la conversation.

— Les maîtres de Séoul font manifestement avec leurs élèves des choses qu'ils ne devraient pas faire... Eh ben dites donc...

Je ne pouvais pas admettre que la méthode que je proposais puisse être interprétée ainsi. Ils prenaient tous le parti de Sokdae, et je ne saurais dire à quel point j'étais furieux de la façon qu'ils avaient de déformer tout ce que je disais. J'eus soudain l'impression d'étouffer et les larmes commencèrent à jaillir sans que je puisse les retenir.

Elles eurent un effet inattendu, auquel je n'aurais vraiment pas pensé. Le maître surpris leva les yeux vers moi qui pleurnichais. Après un instant, il écrasa sa cigarette sur le coin du bureau et dit tranquillement :

— D'accord, Han Pyongt'ae, nous ferons ça une fois encore à ta façon. Retourne en classe maintenant.

Son visage me prouva qu'il commençait à prendre conscience de la gravité du problème.

J'essuyai mes larmes, ne voulant à aucun prix prêter le flanc aux autres élèves. Quand j'entrai dans la classe, l'atmosphère était étrange. C'était une récréation et les élèves auraient dû être en train de s'ébattre. Au contraire, ils étaient calmes, comme s'il y avait une inspection.

Trouvant cela étrange, je regardai le pupitre du maître, vers lequel tous les yeux étaient tournés. Om Sokdae s'y tenait, debout. Je ne sais ce qu'il leur disait depuis un moment, mais quand je pénétrai dans la classe, il regarda les élèves et brandit le poing en l'air. Vous comprenez, n'est-ce pas ? semblait-il signifier.

Le maître entra pour le cours suivant avec un bruit de froissement, portant une pile de papiers du format des feuilles d'examen, comme s'il avait renoncé à faire cours. Om Sokdae commanda :

— Attention ! Saluez !

Immédiatement après, le maître l'appela.

— Chef de classe ! Va dans la salle des maîtres. Tu trouveras sur mon bureau le diagramme des épargnes des élèves que je n'ai pas fini de tracer. Termine-le pour moi. Tout ce qui te reste à faire, c'est de tirer les traits en rouge. J'ai fait le reste.

Une fois Sokdae sorti, le maître se mit à parler aux élèves avec une voix très différente de celle du cours précédent.

— Pendant ce cours, nous devons régler le problème Om Sokdae. Il y a eu quelques erreurs dans la façon dont je vous ai posé mes questions tout à l'heure. Je vais les poser à nouveau. N'y a-t-il pas de problèmes entre vous et lui ? Cette fois-ci, toutefois, vous n'aurez pas à lever la main, ni à vous lever, ni à dire quoi que ce soit. N'écrivez pas votre nom, seulement ce qu'il vous a fait. J'ai cru comprendre que nombre d'entre vous ont été battus sans raison, et que de l'argent et des affaires de classe ont été volés. Les choses de ce genre, même sans importance, écrivez-les. Il ne s'agit plus de colporter des ragots ni de raconter des histoires dans le dos de quelqu'un. Nous faisons cela pour la classe et pour vous, il est donc inutile de guetter la réaction des autres. Vous ne devez pas en parler ni vous mêler du travail des autres. Je prends la responsabilité de tout ce qui arrivera et je vous protégerai.

Il distribua une feuille blanche à chaque enfant.

Je sentis la déception et le ressentiment que mon maître avait fait naître en moi fondre comme neige. J'avais Sokdae maintenant, pensai-je, et j'écrivis tous les méfaits que je connaissais.

Les élèves restaient pourtant imprévisibles. Après avoir écrit pendant quelque temps, je regardai autour de moi et découvris que j'étais le seul à écrire. Les autres se regardaient furtivement. Ils n'avaient pas même pris leurs crayons.

Le maître s'en rendit compte tout aussi rapidement. Après un instant de réflexion, il les libéra de la dernière entrave qui les retenait. Il lui fallait pour cela anéantir l'impression que Sokdae les surveillait toujours.

Il me sembla que le maître avait raison.

— Je crois que j'ai fait une autre erreur. Ce ne sont pas seulement les mauvaises actions de Om Sokdae que je veux connaître. Ce sont tous les problèmes de la classe. Alors, ça ne doit pas forcément avoir de rapport avec lui. Qui que ce soit, quoi que ce soit, quiconque a fait quelque chose de mal, écrivez tout ça. Celui qui cachera volontairement la faute d'un camarade pourra être considéré comme plus fautif que le coupable.

Quelques élèves prirent la plume. Je me détendis. Maintenant, les méfaits de Sokdae, cachés depuis si longtemps, allaient être découverts. Convaincu de cela, je continuai à couvrir ma feuille des péchés de Sokdae.

La sonnerie retentit enfin. Le maître ramassa les feuilles qu'il avait distribuées et sortit sans un mot. Il ne regarda personne, comme s'il voulait montrer qu'il n'avait pas d'idée pré-conçue.

J'attendis les résultats avec un espoir secret.

Sans tenir compte de ce que Sokdae avait pu faire avec les élèves pendant que j'étais à l'extérieur de la classe, j'étais absolument certain que les mauvaises actions de Sokdae allaient enfin venir en pleine lumière.

Le maître fut en retard d'environ dix minutes pour le cours suivant, peut-être parce qu'il avait lu toutes nos feuilles anonymes. Pourtant, contrairement à mon attente, il commença directement le cours, sans dire un mot de ce qu'il avait lu.

Même chose l'heure d'après et la suivante. Il donna sa leçon comme si de rien n'était. Ses yeux croisèrent les miens quelques fois, mais il ne me fournit aucune indication, ni dans un sens ni dans un autre. Je dus attendre le dernier cours pour qu'il m'appelle.

Pendant plus de deux heures, je fus l'objet d'une inquiétude irraisonnée. Quand Sokdae entendit parler de ce qui s'était passé dans la classe en son absence, son visage s'assombrit visiblement. Pendant les troisième et quatrième cours, il sembla très déprimé. Après le déjeuner, il changea brusquement, et reprit sa vieille attitude arrogante et sûre d'elle-même, me lançant de temps en temps des regards qui semblaient signifier qu'il fallait me prendre en pitié. C'est ce qui m'avait plongé dans cette anxiété démesurée.

— Regarde ça d'abord, me dit le maître, en me tendant la pile des devoirs anonymes dès que j'entrai en hésitant dans la salle des professeurs. Ma main trembla en les lisant tous d'affilée. La moitié étaient blancs, quoi que le maître ait pu dire. La véritable surprise vint de la moitié rédigée.

Pour donner des chiffres exacts, quinze sur trente-deux révélaient mes propres méfaits : avoir acheté des bonbons sur le chemin de l'école, avoir été à la boutique de bandes dessinées, avoir quitté l'école, non par la porte principale, mais par un trou de la barrière en fil de fer barbelé derrière l'école, avoir détruit d'un coup de pied les

supports en bambou d'un semis de con-
combres, avoir tiré les poils de la croupe du
cheval attaché sous le pont. Toutes les fautes
que pouvait commettre un garçon étaient
détaillées là plus nettement encore que dans
mon souvenir. Il apparut rapidement que
j'avais dit que le maître était minable et lour-
dingue, comparé à mon maître de Séoul. Et
puis il y eut le récit gênant de ce que j'aurais
fait avec Yunhei, avec laquelle j'avais joué
plusieurs fois : c'était une voisine qui était en
sixième année.

Après moi, il y eut Kim Yonggi, qui avait
l'esprit un peu lent. Les cinq ou six méfaits
qui lui étaient attribués devaient plus à cette
lenteur qu'à la méchanceté. Puis c'était le
tour de Yi Huido, de l'orphelinat, avec trois
ou quatre mauvaises actions et d'un autre
avec deux ou trois. Mais le plus stupéfiant
concernait Om Sokdae : ma copie était la
seule à lui être consacrée.

Après avoir lu, je ressentis plus que de la
peine et de la colère. C'était comme si j'étais
tombé dans un trou sans fin, ou plutôt comme
si un mur avait surgi juste devant mon nez,
m'empêchant de passer, et je me sentis déses-
péré, perdu et pris de vertige. La voix basse
du maître résonna dans mes oreilles comme
des mots brillants dans un ciel lointain.

— Je crois que je comprends… Tu es
déçu de tout. Tout est si différent ici de ce
qu'il y a à Séoul. En particulier la façon dont
Om Sokdae accomplit ses fonctions de chef

de classe… une façon que tu qualifierais de mauvaise… de brutale aussi. Mais c'est ainsi que sont les choses ici. Je sais qu'il existe des écoles avec des conseils d'élèves, où tout se décide par la discussion et le vote, où le chef de classe n'est qu'un messager. Je suppose que… quand tous les élèves sont brillants comme à Séoul… c'est la meilleure façon de faire fonctionner une classe. Mais qu'une chose soit bonne ici ne signifie pas pour autant qu'elle soit bonne là. Nous avons notre manière de faire les choses, et c'est à toi de t'y adapter. Tu dois abandonner l'idée que ce qui se fait à Séoul est systématiquement bon et que nos habitudes à nous sont systématiquement mauvaises. Même si tu persistes à penser que tu as raison… tu devras au moins changer ta façon d'agir. Tu ne peux tout de même pas te battre avec tous les élèves qui ne pensent pas comme toi ! Qu'est-ce que tu cherches ? A t'isoler complètement ? Tu as vu ce qui s'est passé aujourd'hui, non ? Personne ne te suit. Si tu voulais que Om Sokdae ne soit plus chef de classe… et que notre classe ressemble à ta classe de Séoul… la première chose à faire était de mettre les élèves de ton côté. Tu diras que tu ne le pouvais pas parce que Om Sokdae les tenait dans la paume de sa main, et tu penses peut-être que c'était mon travail de maître d'arranger tout cela, puisque les élèves sont stupides… Mais tu aurais tort. Même si tu avais raison… comme tous les élèves soutiennent

Sokdae, je ne pouvais pas agir autrement. Et même si, comme tu en sembles convaincu, le soutien des élèves n'est fondé que sur l'intimidation et les tromperies… c'est toujours la même chose. Je me dois de respecter le pouvoir que les élèves lui ont donné. Jusqu'à maintenant, notre classe est restée unie… Je ne peux pas rompre cela à cause de vagues présomptions. De plus… d'une façon ou d'une autre, Om Sokdae est le meilleur des élèves de cinquième… c'est un excellent chef de classe… avec un véritable sens du commandement… Ne le juge pas aveuglément avec des idées fausses… Tu dois reconnaître ses qualités aussi… et avant tout tu dois reprendre ta place parmi les garçons… tout reprendre avec eux. Si tu veux lutter avec lui, lutte loyalement. Tu comprends ?

Il me sembla que le maître aurait pu s'interrompre à n'importe quel moment, mais il continuait à parler. S'il m'avait réprimandé à voix haute, je pense que je me serais opposé et que j'aurais argumenté. S'il avait montré de la colère ou s'il avait laissé paraître ne serait-ce qu'un tout petit peu qu'il ne m'aimait pas, je ne pense pas que je serais resté assis, comme ça, à l'écouter calmement. Sa voix contenue et son regard inquiet, prouvant qu'il essayait vraiment de me comprendre, m'enlevèrent toute force. Confronté à l'étrange logique de ce maître habituellement froid et insensible, je restai assis, complètement assommé, et quand enfin je me levai pour sortir, mon esprit et mon corps étaient comme un linge essoré.

Si la lutte s'évalue simplement en termes d'attaque et de défense, alors ma lutte contre Sokdae cessa ce jour-là. Mais si le refus de se soumettre et d'accepter le compromis peut être considéré comme une forme de lutte, alors mon combat solitaire et pénible continua pendant deux autres mois. En termes d'adultes, ce qui me faisait tenir, c'était le ressentiment féroce que j'éprouvais contre une majorité stupide et lâche, qui avait permis l'étouffement de ma vérité.

Bien qu'il sût que j'avais épuisé tous mes moyens, jamais le prudent Sokdae n'apparut directement dans la lutte. Le combat fut pourtant bien plus acharné et plus sévère qu'auparavant, et la vie à l'école devint plus pénible et plus fastidieuse encore. Les combats à coups de poing furent particulièrement douloureux, survenant à tout moment, sous n'importe quel prétexte. Il y avait alors un classement pour la bagarre comme il y en avait un pour les études. Grâce à ma force et à ma ténacité, j'étais quelque chose comme treizième ou quatorzième. Soudainement, mon classement ne fut plus respecté. Des garçons qui avaient auparavant admis leur défaite recommencèrent à chercher la bagarre. Je n'ai pas besoin de vous dire que je dus rassembler toutes mes forces pour faire face à tous ces défis. Mais mon classement se dégrada jour après jour. Contre des adversaires que je dominais largement en force ou en ténacité, je commençai à subir de cuisantes défaites. Des camarades qui auparavant se seraient mis à pleurer ou auraient pris la fuite en signe d'acceptation de leur défaite tenaient maintenant jusqu'au bout, mus par je ne sais quel soutien, et la foule des élèves de parti pris nous entourait, soutenant mon adversaire, sapant efficacement mes forces. Et quand nous roulions emmêlés sur le sol, je me retrouvais très souvent, grâce à une main inconnue, allongé de tout mon long sur le dos. Moins d'un mois après l'histoire du briquet, en lutte j'étais le dernier, à l'exception de quelques élèves insignifiants dont personne ne se préoccupait.

L'autre problème douloureux fut celui des amis. Un long moment avait passé depuis mon arrivée, mais je n'avais pas encore réussi à me faire le moindre ami. Avant cette histoire de briquet, quelques-uns me laissaient jouer avec eux si je faisais suffisamment d'efforts pour me rapprocher d'eux. Cinq ou six peut-être étaient rentrés de l'école avec moi une fois ou l'autre. Mais après cette histoire, aucun de mes camarades de classe ne voulut plus avoir le moindre contact avec moi, et ce, même dans mon quartier, en dehors de l'école. La façon dont ils m'avaient battu froid auparavant n'était rien à côté de ce nouvel isolement.

Il n'y avait pas alors de terrains de jeu comme aujourd'hui, ni de télévision, ni de jeux vidéos vous permettant de supporter la solitude, sans parler de lecture ou de jouet valant la peine. C'était une lourde punition que de n'avoir aucun ami.

Le souvenir de l'heure de récréation à l'école après le déjeuner ou les cours me brise toujours le cœur. Incapable de participer à aucun jeu, je restais assis derrière la fenêtre de la classe ou bien dans un coin ombragé de la cour de récréation à regarder à distance les équipes s'affronter. Que le football avait l'air merveilleux avec une balle en caoutchouc de la taille d'une tête d'enfant ! Et puis cette espèce de soft-ball sans batte ! Et ce jeu à huit, qui faisait tellement hurler de plaisir les enfants qu'on aurait cru qu'ils allaient cracher leurs dents. Comme ils avaient l'air heureux, tous !

A la maison, les choses n'allaient guère mieux. Dans mon quartier, le choix était plutôt limité. J'aurais pu me faire battre froid en recherchant la compagnie d'élèves d'autres classes, aussi éloignés de moi que des étrangers. J'aurais pu m'accrocher aux autres comme un anonyme quelconque, ou encore réunir une bande de garçons plus jeunes et jouer le rôle de chef, ce pour quoi j'avais en fait peu de goût. Les seules autres possibilités consistaient à m'enterrer dans la salle arrière du marchand de bandes dessinées ou à froisser les côtes de ma mère en me battant avec mon frère de quatre ans plus jeune que moi.

Je me souviens de l'arrivée d'un nouveau dans la classe voisine, qui était plus grand et plus fort que Sokdae, et qui avait défié celui-ci après la classe, dans le bois de pins près de l'école. La classe entière vint soutenir Sokdae. J'y allai aussi pour en faire autant, parce que, je l'imagine, je sentais que je faisais partie de cette classe. Ce jour-là seulement, les élèves firent semblant de ne pas me voir, me permettant ainsi d'être l'un des leurs sans que cela crée de problème, et cette situation se prolongea quelque peu après la victoire de Sokdae. Les élèves l'entourèrent pour le féliciter comme s'il était un guerrier victorieux, et l'un d'entre eux suggéra que, puisque Sokdae était couvert de poussière et de sueur, ils pourraient aller se baigner dans la rivière voisine. Chacun approuva, et je me joignis à eux. Néanmoins, à peine avions-nous atteint les bords de la rivière que Sokdae me remarqua. Il se renfrogna et l'atmosphère changea en un instant.

— Hé ! Han Pyongt'ae ! Qu'est-ce que tu fais là ? dit l'un des élèves à l'esprit rapide, et les autres l'imitèrent rapidement.

— Qu'est-ce que t'as à venir fouiner par ici ?

— Qui c'est qui t'a dit d'applaudir ?

Soudain mon nez se mit à me piquer et des larmes me vinrent aux yeux. Je n'en étais pas très conscient sur le moment, mais je pense que je goûtais alors l'amertume de l'exilé et l'aigreur de la solitude qui en découle.

Mais, plus grave que le recul de mon classement comme lutteur ou l'isolement dans lequel les autres me tenaient, était la persécution ouverte et systématique. Comme je l'ai déjà dit, de même qu'il y a des lois pour les adultes, de même les enfants ont leurs lois.

De même qu'aucun adulte n'est capable d'obéir à toutes, de même il est difficile pour un enfant de s'y plier. Comme dit le proverbe, quand on brosse quelqu'un, il y a toujours de la poussière. Les enfants passent les jours en commettant de petites offenses sans nombre qui correspondent aux délits ou aux péchés des adultes. Pour n'avoir pas suivi les conseils ou les instructions hebdomadaires du principal, pour n'avoir pas fait ce que disait le maître, pour n'avoir pas obéi aux prières des parents ou des anciens, ou pour ne pas avoir eu ce que la société considère comme un comportement acceptable après toutes ces fautes, je fus soumis à l'application la plus stricte des règles.

Si mes ongles étaient un tant soit peu trop longs, ou si j'allais chez le coiffeur avec quelques jours de retard, mon nom ne manquait pas de figurer sur la liste des élèves sales ; si j'avais une déchirure ou un bouton manquant, j'étais puni pour infraction aux uniformes. A moins d'être malchanceux au point d'être pris par le maître de service, vous pouviez toujours vous débrouiller pour acheter des bonbons sur le chemin de l'école. Mais moi, j'étais toujours pris. Et chaque fois que je lisais secrètement dans l'arrière-salle du marchand de bandes dessinées, le maître en entendait parler et j'étais réprimandé. En un mot, les choses que tous les enfants faisaient et pour lesquelles ils s'en tiraient avec une légère réprimande quand ils avaient la malchance d'être pris, devenaient d'énormes crimes quand je les commettais, puis étaient rendues publiques, punies et notées dans les comptes rendus des réunions de concertation. Je m'en tirais toujours avec un châtiment corporel assené par le maître ou une punition comme le nettoyage des toilettes. Les accusateurs étaient toujours différents, mais Sokdae était sans aucun doute derrière.

En temps normal, Sokdae était autorisé par notre maître froid et indifférent à faire régner l'ordre et à punir toutes les fautes. Quand il y avait une plainte, il exerçait son autorité d'une façon apparemment équitable. Par exemple, quand l'un de ses intimes était pris sur le fait avec moi, il nous infligeait la même punition devant les autres. Mais quand seuls Sokdae et ses intimes savaient qu'une punition était infligée, je subissais un traitement bien différent, et cela me mettait en rage. Lorsque, par exemple, nous étions tous de corvée de nettoyage aux toilettes, un travail superficiel suffisait, et les autres pouvaient rapidement rentrer chez eux. Mais quant à moi, il me fallait enlever toutes les taches avant de pouvoir partir.

Ce n'est que supposition de ma part, mais j'imagine que Sokdae utilisa son pouvoir contre moi en d'autres occasions. Ainsi, des inspections d'hygiène survenaient sans que j'aie été prévenu, contrairement à tous les autres. Comme ce jour où j'avais marché à côté d'une carriole et d'un cheval en allant à l'école, déchirant mes vêtements à un clou : il y avait eu une inspection surprise des uniformes. Ce sont des exemples typiques. En conséquence, ma réputation devint vite celle d'un semeur de troubles, non seulement dans notre classe, mais dans toute l'école.

Etant donné la situation, je ne pouvais guère étudier correctement. Mon idée, en arrivant dans cette école, avait été d'être premier, d'une façon ou d'une autre, mais en fait, mes notes ne cessèrent de baisser. Et à la fin du semestre, je me retrouvai vers le milieu du classement.

Naturellement, cela ne signifie pas que je prenais les coups sans réagir. A ma façon, j'employai toutes mes forces et toutes les ruses possibles pour m'en sortir. J'essayai ainsi de faire intervenir mes parents. Après avoir totalement abandonné l'idée d'obtenir une aide quelconque du maître, je me tournai vers mon père, me déchargeant sur lui des aléas de ce combat difficile et solitaire dans lequel j'étais embarqué. Mais l'inutilité avait transformé mon père, au point qu'il n'y avait plus guère de différence entre lui et mon maître insensible.

— Qu'est-ce que ça veut dire ? Qu'est-ce que tu demandes, et à qui ? Si tu n'es pas assez fort, est-ce que tu ne peux pas te servir de pierres et de bâtons ? Tu gagneras en travaillant mieux ! Et si les autres ne te suivent pas, eh bien…

Sans doute parce que j'étais un peu déboussolé par toute cette histoire, je ne m'étais pas très bien expliqué. Ce qui justifie en partie la réaction de mon père. De plus, celui-ci avait dû voir avant tout dans mon problème l'une de ces inévitables chamailleries qui ponctuent la vie des enfants. Quoi qu'il en soit, devant sa réaction, je perdis toute envie de lui en dire plus.

Ma mère, néanmoins, s'efforça de me comprendre. Elle se remua réellement. Après avoir écouté notre conversation, elle écarta mon père et me posa une série de questions. Et, dès les premiers rayons de soleil, le lendemain matin, elle partit pour l'école. Je crus un instant que ma mère allait pouvoir faire quelque chose pour moi, mais cet espoir s'avéra vain.

— Pourquoi es-tu si envieux et si mesquin ? Et tes notes, tu les expliques comment ? Qu'est-ce qui ne va pas chez toi ? Et en plus de ça, tu as menti à ta mère… J'ai vu ton maître aujourd'hui. Nous avons parlé pendant deux heures. Et cet élève – comment s'appelle-t-il ? – Om Sokdae, je l'ai vu aussi. Un garçon si charmant, si ouvert, si sensible. Et le premier de l'école…

Ma mère, comme si elle n'avait fait que m'attendre, se mit à me gronder dès mon retour de l'école. Elle me fit la leçon pendant une bonne demi-heure, exactement comme le maître, mais je n'entendis rien d'autre de ce qu'elle me dit. L'émotion qui m'étreignait me conduisit au-delà du désespoir, au bord de l'anéantissement. Quand j'y repense, et que je me revois continuer à me battre pendant un bon moment, même après ça, j'en éprouve encore une certaine fierté.

Néanmoins, arrive un jour où le combat doit prendre fin. Alors que le semestre touchait à sa fin, je commençai à être épuisé. Cet esprit combatif implacable dont j'avais fait preuve s'évanouissait, et la haine, qui venait soutenir mon désir de vengeance, perdait de sa force. Dès le début du semestre suivant, j'attendis secrètement l'occasion de montrer ma soumission, mais cette occasion ne se présentait pas.

Une des raisons en est que, si je m'étais battu longtemps et énergiquement, je ne m'en étais jamais pris à Sokdae directement. C'étaient toujours d'autres garçons, ou son entourage, qui s'en prenaient à moi. Et quand c'était Sokdae lui-même, cela concernait toujours la violation d'un règlement et cela restait toujours dans le cadre de l'autorité légitime d'un chef de classe. Non seulement il ne m'avait jamais parlé individuellement, mais nous ne nous étions même jamais regardés l'un l'autre bien longtemps.

J'avais finalement abandonné toute velléité de résistance, néanmoins je continuai à me traîner en marge de la classe. L'occasion survint enfin, sous la forme d'une journée de nettoyage approfondi, provoquée par la venue de l'inspecteur, le lendemain. Dès la fin des cours du matin, chacun d'entre nous reçut sa corvée de nettoyage. Inutile de préciser que celles-ci concernaient la classe, mais aussi les plates-bandes, la cour et le potager.

Il y avait beaucoup à laver, à balayer et à ranger, et chaque corvée était lourde. Je devais m'occuper de deux fenêtres donnant sur les plates-bandes. C'étaient des fenêtres à glissières, avec huit vitres de trente centimètres de côté sur chaque panneau, avec des montants horizontaux et verticaux. Autrement dit, trente-deux vitres à nettoyer. C'était beaucoup, mais dans le cadre de ce nettoyage-là, étant donné qu'il fallait aussi laver le plancher de la classe et du couloir, puis le cirer avec de la graisse à bougie, je ne peux pas dire que ma charge de travail était injuste.

Le problème commença avec le maître. Ceux des autres classes relevaient leurs manches et supervisaient en personne le nettoyage, mais le nôtre s'arrangeait toujours pour se débarrasser de cette corvée. Comme d'habitude, il s'en alla très tôt, non sans avoir chargé Sokdae de vérifier le travail.

Si cela était arrivé au plus fort de mon combat contre Sokdae, cette confiance accordée sans réfléchir m'aurait vraiment embêté, pourtant, ce jour-là, je m'en réjouis. Je savais parfaitement qu'un travail bien fait dans ce genre d'occasion attirait l'attention de Sokdae. Mais jusqu'alors, je n'aimais pas être inspecté par lui, et je me débarrassais au plus vite de la corvée.

Ce jour-là, le nettoyage des vitres dont on m'avait chargé fut pénible. J'utilisai d'abord un chiffon humide pour ôter les saletés incrustées ou les taches qui se trouvaient tant sur le verre que sur les montants, puis j'essuyai les endroits humides avec un torchon sec. Ensuite, avec un journal, puis du papier de brouillon, soufflant dessus au préalable, je m'attaquai à la poussière.

Ce travail soigneux me prit un bon moment. Lorsque mes deux fenêtres furent enfin claires et brillantes, la plupart des autres garçons avaient fini leur corvée. Sokdae jouait avec eux dans la cour. C'était l'un de ces matches de football que l'équipe de Sokdae gagnait toujours, même si elle comptait quelques joueurs de moins.

A peine lui avais-je dit de venir inspecter mon travail que Sokdae, qui avait justement le ballon dans les pieds, l'envoya à l'un de ses équipiers et réagit comme un délégué parfaitement consciencieux. J'attendis son jugement, le cœur battant, tandis qu'il regardait les vitres que j'avais nettoyées. Même pour moi, elles étaient incomparablement plus propres que celles d'à côté. S'il était de bonne humeur et me traitait gentiment, moi, de mon côté, je ferais un effort pour obtenir ses bonnes grâces, par exemple avec une réponse aimable, lui laissant ainsi deviner mon changement d'état d'esprit. Mais sa réaction me surprit.

— Ça va pas, il y a encore des taches, recommence, dit Sokdae après un instant. Et il retourna jouer en courant. J'eus l'impression que le sang s'était retiré de mon visage. Je voulus protester, d'une façon ou d'une autre, mais avant même que je puisse ouvrir la bouche, Sokdae était déjà de l'autre côté du terrain.

Je refoulai mes sentiments avec peine, et examinai à nouveau mes vitres. Il semblait y avoir quelques traces d'eau sur les vitres de gauche de l'une des fenêtres. Je me dis que j'avais eu de la chance de ne pas avoir pu protester, et je m'appliquai à effacer les dernières traces. Ce faisant, j'en découvris d'autres, et ce ne fut qu'après un très long moment que je pus retourner voir Sokdae pour lui demander de se livrer à une seconde inspection.

A cet instant-là, tous les enfants, non seulement ceux qui étaient chargés du nettoyage, mais aussi ceux qui devaient ranger, en avaient terminé, et le match de football battait son plein. Treize élèves d'un côté, onze de l'autre, uniquement les garçons les plus rapides. Et ils se servaient d'un véritable ballon en cuir, trouvé on ne sait où. Peu désireux d'interrompre une rencontre aussi disputée, j'attendis un moment. Puis, quand je vis que Sokdae venait de marquer un but, je m'approchai de lui.

Cette fois encore, il quitta la partie sur-le-champ. Le résultat fut le même.

— C'est une crotte de mouche, ça ? Nettoie encore, et enlève la poussière dans ce coin-là.

Cette fois-là, je ne pus l'accepter, et protestai tièdement. Je lui dis de comparer mes vitres avec celles de garçons qui étaient à côté, mais Sokdae me coupa froidement la parole sans même regarder les vitres que je lui indiquais.

— Lui, c'est lui. Toi, c'est toi. De toute façon, je ne peux pas accepter ton travail.

Le ton de sa voix semblait laisser entendre que j'appartenais à une espèce spéciale qui exigeait une inspection rigoureuse.

Il n'y avait rien que je puisse faire. Je remontai sur l'appui pour examiner chaque coin de chacune des trente-deux vitres. Cette fois-ci, je ne cherchais pas à être félicité, simplement à éviter une nouvelle rebuffade.

La troisième fois, Sokdae trouva encore quelque chose. Je tentai de l'infléchir par un sourire, mais cela ne servit à rien. Il se contenta de dire que ça n'allait pas et fila vers un ruisseau voisin, entraînant tous les autres enfants. Ils avaient couru et chahuté tout ce temps en plein soleil, et, en ce début d'automne, le temps était encore assez chaud.

Je remontai sur l'appui pour la quatrième fois et attaquai une fois de plus les carreaux. Mais je n'avais plus aucune force. Je ne pouvais plus même remuer le petit doigt. Je m'effondrai contre l'appui, les yeux dans le vague, comme dans un brouillard, tandis que les autres disparaissaient dans le bois de pins derrière la porte arrière. Maintenant que je savais que la réussite ou l'échec n'avaient aucun rapport avec les efforts que je pouvais faire, mais seulement avec ce que Sokdae décidait, je ne voulais plus travailler pour rien.

Le soleil déclinait rapidement, et il n'y avait presque plus personne dans la cour. Pas un seul élève en vue. Le silence était à peine rompu par les bruits de pas, étrangement lourds, d'un des maîtres qui rentrait chez lui. A plusieurs reprises, je faillis tout envoyer promener et courir chez moi. J'avais abandonné toute idée de résistance, mais tout cela était un abus de pouvoir trop flagrant pour faire simplement contre mauvaise fortune bon cœur. Pourtant à la pensée d'être appelé par le maître le lendemain, dès que celui-ci aurait entendu la version de

Sokdae, et d'être battu devant tous les autres et un Sokdae jubilant, je renonçai à tout. Au contraire, même si cela peut paraître un peu sournois, je me mis à réfléchir à une autre stratégie, un peu plus lâche, mais pas du tout enfantine. J'espérai même que Sokdae tarde encore plus à revenir. S'il voulait me voir souffrir, j'allais lui en montrer, de la souffrance ! Je verserais des larmes à mon retour, de façon à manifester ma douleur : Cela apaiserait sa rancœur. C'était du moins ce à quoi j'en étais arrivé.

Quand Sokdae et les autres réapparurent à la porte arrière, l'ombre de l'immense cèdre de l'Himalaya, de l'autre côté de la cour, avait déjà traversé le terrain de jeu. Mais comment expliquer cela ? A peine les entendis-je rentrer bruyamment, cheveux luisants – ils avaient dû se baigner – que mes larmes jaillirent, sans que je le fasse exprès. J'oubliai totalement la stratégie que j'avais élaborée quelques instants auparavant. Ces larmes venaient réellement du fond de mon cœur.

Vous trouverez peut-être cela un peu soudain, un peu étrange, mais en prenant quelque distance, ces larmes n'étaient pas entièrement inexplicables. La seule chose que la douleur peut arracher à une âme qui a abandonné toute résistance et à un esprit qui a perdu toute haine est le chagrin. Je versais sans doute des larmes de tristesse sur ma propre inefficacité. Je pleurais sur ma solitude.

— Hé ! Han Pyongt'ae !

Mes larmes devinrent des sanglots incontrôlables. Cramponné à ma vitre, j'entendis quelqu'un m'appeler. J'essuyai mes larmes et regardai dans la direction de cette voix. Sokdae, laissant les autres à distance, était arrivé jusque sous la vitre et levait la tête vers moi. Son expression semblait généreuse, plus charitable qu'elle n'avait jamais été.

— Tu peux t'en aller maintenant. C'est bon pour tes vitres.

De la direction de son visage, brouillé par mes larmes, me parvint le son d'une voix aimable. Je me dis qu'il avait deviné le sens exact de mes larmes. Certain d'avoir remporté une victoire définitive, il me libérait de ce combat pénible et solitaire. Je fus comme submergé de gratitude pour sa générosité. Je l'exprimai dès le lendemain grâce à l'offre d'un stylo que je gardais précieusement.

Quoique la fin de mon combat ait eu un côté trompeur et que je me sois soumis trop facilement, les fruits de cette soumission furent pourtant bien doux. Ils le furent peut-être d'autant plus que mon opposition avait été longue et obstinée. Les faveurs de Sokdae tombèrent sur moi en cascade dès qu'il fut assuré que je m'étais bien plié à son autorité.

La première chose qu'il fit pour moi fut de rectifier mon classement dans les bagarres. Quelques-uns de ceux qui devaient à sa protection d'avoir usurpé ma place devaient le payer chèrement. Ils durent abandonner leur classement immérité : Du jour au lendemain, Sokdae rabaissa la valeur de ceux qui me négligeaient. Et s'il les entendait me traiter de salaud de ceci ou de salaud de cela, il les rudoyait.

— Ah, vous croyez vraiment que vous pouvez battre Pyongt'ae ?

Et comme incidemment, il suggérait :

— Pyongt'ae, pourquoi tu recommencerais pas le combat ? Tu vas quand même pas laisser un salaud comme ça t'en imposer ?

Conforté par ces paroles, je me battais, à la loyale cette fois. Le ressentiment qui couvait depuis longtemps donnait une vigueur nouvelle à mes poings et me permettait de gagner facilement. Certains garçons, effrayés par mon air décidé, abandonnaient avant même de combattre. Et, après juste quelques bagarres, je gagnai rapidement plusieurs rangs. Je me retrouvai environ douzième.

Je redécouvris des amis et des jeux. Dès qu'ils comprirent que j'avais été pardonné par Sokdae, les autres ne cherchèrent plus à m'éviter. En réalité, comprenant que Sokdae faisait preuve d'une attention spéciale à mon égard, ils essayèrent de m'avoir dans leur équipe chaque fois que l'occasion s'en présentait. Tout cela était un calcul délibéré pour me faire oublier l'amertume et la solitude du semestre précédent.

Les infractions aux règles, petites ou grandes, qui avaient fait de moi un perturbateur, aux yeux de la classe et de toute l'école, n'étaient plus un souci. Mes accusateurs, qui faisaient un drame de la plus petite chose, se firent muets, et je me transformai progressivement en élève modèle. Le nombre de règles à observer devint tout à coup très limité, sans que je change pour autant, et le maître m'accueillit comme un père son fils prodigue.

Mon travail redevint petit à petit normal. Vers la mi-semestre j'étais dans les dix premiers, et, à l'examen de fin de semestre, en hiver, je fus classé deuxième. Avec ces notes redevenues normales, les inquiétudes de mon père et de ma mère, qui avaient été profondes, s'évanouirent. J'étais à nouveau leur fils aîné, aimant et brillant.

En y réfléchissant bien, toutes ces choses étaient les miennes avant que Sokdae ne m'en dépossède. Je ne faisais que retrouver ce qui m'appartenait, et on ne peut guère m'accuser que d'avoir reçu en plus quelques intérêts de sa part. Quoi qu'il en soit, depuis que je m'étais plié à son bon vouloir, tout m'apparaissait comme une faveur considérable.

Par ailleurs, Sokdae exigeait de moi beaucoup moins que je ne l'aurais cru. Il agissait différemment avec les autres, mais en ce qui me concernait, il ne me demandait jamais rien, ni ne me prenait jamais la moindre chose. Si, de moi-même, je souhaitais lui offrir quelque chose de bon ou de valeur, il ne voulait pas l'accepter, et, quand il le faisait, c'était pour me retourner une faveur bien plus importante. En vérité, c'était plutôt moi qui recevais des choses de lui, bien que le fait qu'elles soient venues en réalité des autres, auxquels il les prenait, ait été quelque peu gênant.

Il n'exigeait rien de moi et ne me forçait à rien non plus. Plusieurs fois, d'autres garçons me semblèrent souffrir des exigences excessives ou des traitements injustes de Sokdae, mais cela ne m'arriva jamais. En conséquence, ces privilèges passifs – c'est-à-dire l'exemption de corvées – m'impressionnèrent plus que de juste.

Tout ce que Sokdae attendait de moi était que je me plie à son ordre et que je ne tente plus d'attaquer le royaume qu'il avait bâti. Si l'on pense que cette soumission signifiait soumission à un ordre injuste, on comprend que c'était là le plus lourd tribut que j'avais à payer. Néanmoins, comme j'avais renoncé à ma liberté et jusqu'au souvenir même de la rationalité, ce n'était pas du tout comme ça que je ressentais les choses.

Vers la fin, toutefois, à un moment où j'étais parfaitement accoutumé à ses règles, où j'étais devenu un de ses sujets à l'aise et conformiste, il me fallut payer un autre prix, afin de continuer à profiter de ses faveurs. Cela concernait mon talent artistique. J'avais en effet à faire deux dessins quand les autres n'en faisaient qu'un. Tout cela parce que Sokdae était mauvais en dessin. Ce qui faisait que l'exposition de nos œuvres comportait toujours deux de mes œuvres, l'une signée de mon nom, et l'autre de celui de Sokdae. Mais cela n'avait pas dû me gêner beaucoup, puisque je ne me souviens même pas si c'était lui qui l'avait exigé ou si je lui avais offert mes services. J'imagine qu'en tant que vassal obéissant et paisible, j'avais dû le lui proposer spontanément, un peu comme je me serais acquitté d'un impôt ou d'une corvée.

La révolution, loin de ressembler à celles qui font les pages glorieuses de l'histoire, éclata dans notre classe de façon tout à fait inattendue. L'année suivante, à peine un mois après le remplacement de notre maître, le royaume de Sokdae, en apparence si solide, explosa en mille morceaux en l'espace d'une demi-journée. Et celui qui nous gouvernait avec une poigne d'acier, devenu un simple criminel, disparut de notre monde en un instant.

Néanmoins, avant de raconter l'histoire des origines et du déroulement de cette révolution, je dois tout d'abord confesser quelque chose. Voyez-vous, je connaissais depuis quelque temps déjà le terrible secret de Sokdae, ce secret qui était appelé à devenir la cause de l'écroulement de son empire.

Cela se passa vers la mi-décembre de cette année-là, si je m'en souviens bien. Nous en terminions avec l'examen semestriel et, de façon à en assurer l'honnêteté, nos places avaient été changées. Park Wonha, un bon élève, s'était ainsi retrouvé par hasard à côté de moi. Il était particulièrement bon en arithmétique et faisait partie du cercle des proches de Sokdae. Comme j'étais inquiet de mes lacunes en arithmétique, sa présence me donna un certain sentiment de sécurité.

Les deux heures de composition étaient pratiquement révolues quand je vis Park Wonha se livrer à quelque chose d'étrange : séchant sur un problème, je jetai un coup d'œil oblique, non pas tant avec l'intention de copier que pour voir s'il avait trouvé une réponse.

Il avait terminé sa copie et s'efforçait d'effacer son nom avec une gomme. Je devins instantanément soupçonneux. Vous pouvez effacer une réponse pour en écrire une autre, mais personne ne se trompe jamais dans l'orthographe de son nom.

J'oubliai qu'il ne me restait presque plus de temps et regardai Park Wonha très attentivement. Il jetait des coups d'œil au surveillant. Tout à coup, il écrivit un nom juste à l'endroit où il venait d'effacer le sien, et, à ma stupéfaction, je lus celui de Sokdae. Cela fait, il regarda calmement autour de lui. Ses yeux rencontrèrent les miens. Un sourire s'y alluma immédiatement. Il ne semblait pas vouloir m'avertir ni s'inquiéter de quelque chose.

— Qu'est-ce que tu as fait ? demandai-je à voix basse, dès que l'examen fut terminé.

Il eut un pâle sourire et répondit :

— Cette fois-ci, c'était mon tour en arithmétique.

— Ton tour en arithmétique ? Alors, il y en a d'autres pour les autres sujets ?

J'étais choqué et dans le noir le plus complet. Park Wonha regarda tout autour de lui et me répondit d'une voix très basse :

— Tu ne savais pas ? Hwang Yongsu a sans doute fait le coréen.

— Quoi ? Mais alors, qu'est-ce qui se passe pour vous ?

— On a les notes de Sokdae. Quand tu fais un dessin pour lui, tu peux attendre le bon moment pour le lui donner, non ? Mais ça ne marcherait pas pour un examen. La seule chose à faire, c'est d'échanger nos notes.

C'est ainsi que je découvris le secret de la fabuleuse moyenne de Sokdae. Les dessins que je faisais pour lui, sans même y penser, contribuaient aussi à ses notes systématiquement remarquables.

— Tous les sujets de tous les examens ? demandai-je encore, me calmant quelque peu.

Park Wonha, avec la voix d'un conspirateur, répondit à toutes mes questions, sans rien cacher.

— Pas tous. Il en prépare en général deux lui-même. Pour celui-ci, il a révisé les sciences naturelles et l'éducation civique. Mais les sujets changent à chaque examen et ceux qui travaillent pour lui changent aussi.

— Et combien a-t-il quand c'est lui qui travaille ?

— En général autour de quatre-vingts.

— Ça veut dire que tu perds à peu près

quinze points ou peut-être plus pour cet examen d'arithmétique, n'est-ce pas ?

— Je n'y peux rien. Tous les autres le font aussi. Et Sokdae répartit le travail assez équitablement. Alors la perte de points est assez égale. Et si tu ne comptes pas Sokdae, le classement tient compte de la valeur des uns et des autres. Enfin, si des veinards dans ton genre ne nous passent pas devant...

Ces veinards dont parlait Wonha étaient les six ou sept élèves auxquels Sokdae accordait des faveurs particulières. En ce qui concerne le travail, j'avais réussi à me glisser parmi les tout premiers de la classe.

— Mais Sokdae ne t'a pas parlé de tout ça ? C'est étrange, dit Wonha, l'inquiétude s'inscrivant soudain sur son visage en me voyant pétrifié par la découverte de ce secret. Puis, comme pour se rassurer, il ajouta : Oh, et puis alors ? Qu'est-ce que ça peut faire que je t'en parle ou non : tu as aussi fait des dessins pour Sokdae. C'est exactement la même chose que de lui refiler une copie de composition. Et maintenant que tu es au courant, tu auras peut-être à échanger ton travail avec lui...

Mais je n'étais déjà plus moi-même. J'étais déjà sous le coup d'une irrépressible tentation.

En possession de cet affreux secret, de la preuve irréfutable de son comportement inqualifiable, impardonnable, j'étais soumis à la tentation de relancer le combat qui venait de prendre fin. Qu'importaient la froideur et l'indifférence du maître, il lui serait impossible d'ignorer un tel comportement de la part de Sokdae. Si je pouvais prendre ma revanche, ce ne serait pas seulement une douce revanche sur le maître qui l'avait soutenu, mais aussi sur mon père et ma mère qui ne m'avaient pas cru et qui m'avaient tellement réprimandé... Je deviendrais le héros des enfants qui, s'ils avaient fait contre mauvaise fortune bon cœur, n'en avaient pas moins certainement souffert, et mon cœur se mit à battre plus vite en pensant au retour de la liberté et de la rationalité que j'avais été obligé d'abandonner avec amertume.

Mais quand la cloche qui annonçait le début du cours suivant sonna et que je vis le visage de notre maître, revenu pour superviser l'examen, mon excitation profonde disparut instantanément. Les choses s'achèvent dans le deuil. Les choses nouvelles, les changements n'apportent qu'ennuis et soucis. C'est ce que je vis inscrit sur son visage, me remémorant l'échec lamentable de l'histoire du briquet. J'eus le sentiment que rien ne viendrait jamais briser le mur d'insensibilité et d'indifférence avant que je puisse lui mettre sous les yeux une preuve irréfutable.

Je regardai à nouveau les autres élèves. Ils auraient pu apporter cette preuve, mais il y avait bien peu de chances qu'ils me soutiennent si je dénonçais ce comportement au maître, s'ils avaient été de connivence avec

Sokdae jusqu'à maintenant. De plus, d'un certain point de vue, ils étaient ses complices. N'avaient-ils pas conspiré avec lui pour empêcher le maître de noter équitablement ? A cette idée, je perdis toute confiance. Sokdae avait manifestement pris le briquet, mais quand le maître l'avait interrogé, je me souvins que Pyongjo avait feint l'ignorance, affirmant qu'il le lui avait seulement emprunté, et que, alors que l'occasion était idéale pour dénoncer Sokdae, en toute impunité, tous avaient rempli leur copie avec mes fautes les plus insignifiantes. Je les revis tous.

Le doux fruit de la soumission, que je goûtais depuis presque deux mois, ajouté à un calcul sournois, me retint à temps. En fait, si vous éliminez un orgueil intellectuel d'adulte, il n'y avait rien de désavantageux à se plier à l'ordre de Sokdae. Comme je l'ai déjà dit, ma longue opposition obstinée s'était transformée en une sorte de médaille de guerre, qui me valait maintenant divers privilèges. D'une certaine façon, je bénéficiais désormais de plus de liberté qu'à Séoul, où j'étais sous le contrôle du conseil des élèves et du vote majoritaire. En termes d'influence, j'en avais autant, sinon plus, sur les autres élèves que lorsque j'étais chef de section à Séoul. Je n'avais rien perdu. Et si Sokdae continuait à exploiter les autres de cette façon, je ne pouvais qu'en profiter. Du moment que je ne tentais pas de m'emparer de la première place, je pouvais, sans trop de peine, m'installer définitivement à la seconde.

En fin de compte, c'est Sokdae qui m'empêcha de courir vers le maître. Tourmenté par ces tentations contradictoires, j'étais toujours dans le brouillard quand nous en eûmes fini avec toutes les compositions. J'étais assis, perdu dans mes pensées, quand Sokdae apparut devant mon pupitre.

— Hé, Han Pyongt'ae, les compos sont terminées. Pourquoi on n'irait pas s'amuser un peu quelque part ?

Quoiqu'il lui eût été impossible de lire dans mes pensées, je fus très surpris. Je sautai sur mes pieds.

— Où ça ? Il fait froid aujourd'hui.

— Pourquoi on n'irait pas à Mip'o ? Je connais un coin où on pourra s'amuser sans s'occuper du froid.

Par Mip'o, il fallait entendre le ruisseau, près du bosquet de pins, à environ cinq lis de l'école. Pour les adultes, ce n'était qu'un endroit désolé, où ne se trouvaient plus que les ruines d'une usine datant de l'époque japonaise, et détruite au cours d'un raid aérien. Mais ces bâtiments à demi effondrés constituaient un parfait terrain de jeu.

— D'accord.

— Allons-y tous ! braillèrent les autres élèves qui nous écoutaient, plus excités que moi.

Je n'avais aucune raison valable pour refuser. Pour éviter d'avoir l'air soupçonneux, je n'avais pas d'autre solution que d'accepter, ce qui m'interdit d'aller trouver le maître de mon propre chef, après la classe. Même si je m'étais mis en route sans grand enthousiasme, je conserve de cet après-midi-là un souvenir particulièrement heureux. Presque toute la classe s'apprêta à partir, mais Sokdae ne choisit que dix élèves environ pour nous accompagner, apparemment de façon aléatoire. En vérité il effectua ce choix en parfaite connaissance de cause.

A peine étions-nous arrivés à Mip'o et avions-nous trouvé une place en plein soleil dans la ruine d'un des anciens bâtiments de l'usine que Sokdae demanda :

— Vous avez de l'argent, non ?

Cinq ou six élèves vidèrent leurs poches, rassemblant une somme d'environ trois cent soixante-dix hwans, ce qui n'était pas mal pour l'époque. Sokdae désigna deux enfants et les envoya acheter bonbons et limonade. Puis il se tourna vers les autres.

— Lesquels d'entre vous vivent dans ce village de l'autre côté de la rivière ? Cinq ou six élèves levèrent la main. Alors, allez-y et rapportez des cacahuètes et des patates douces. Si vous dites que vous faites une sortie de sciences naturelles avec le chef de classe et toute la classe, vos familles n'y verront que du feu. Le groupe parti, il ajouta : Ramassez du bois, vous. Il y a encore du soleil, mais ça devient frisquet et il faudra faire cuire les patates et les cacahuètes.

Maintenant que j'étais tout à fait intégré et que j'avais ma place dans l'empire de Sokdae, il était naturel que je me retrouve dans ce dernier groupe. Mais au moment où je me levais pour aller ramasser du bois avec les autres, Sokdae m'arrêta :

— Han Pyongt'ae, reste là. Je veux que tu m'aides à faire quelque chose.

Je fus à nouveau pris de court, mais il ne m'avait retenu qu'avec les meilleures intentions. Il ramassa quelques pierres pour préparer l'emplacement du feu. Ce fut là tout son travail, et il se contenta ensuite de parler avec moi. C'était là plus qu'un simple pardon pour mes diverses fautes. J'étais bien sûr à ses ordres, mais à un rang supérieur à celui de tous les autres.

Enfin, quand tous les élèves furent revenus, ce bâtiment à demi détruit, sans toit, devint le plus joyeux des terrains de jeu. Qu'y avait-il de plus excitant et de plus joyeux pour des enfants qu'un feu de camp en hiver ? De plus, cacahuètes et patates douces furent empilées sur le feu, et, en attendant qu'elles soient prêtes, nous avions plus de bonbons et de limonade que nous ne pouvions en avaler.

Nous mangeâmes, bûmes et jouâmes bruyamment jusqu'à ce que le soleil descende. Nous jouâmes à chat perché et à cache-cache, avant d'organiser un concours de chant. Nous rîmes à gorge déployée en chantant *Che sara*. Un garçon baissa son pantalon et montra son petit piment vert. Il tira le prépuce aussi loin que possible et, s'en servant comme d'une corde et de son index comme d'un archet, il se mit à jouer du violon. Un autre, ses mains devant la bouche, imita remarquablement le son d'une trompette, pendant qu'un troisième se tapait sur le ventre comme sur un tambour. Un autre imita un chanteur, un autre encore fit le tour du terrain en multipliant sauts de mains et sauts périlleux.

Le plus extraordinaire fut pourtant l'attitude de Sokdae. Il était deux fois plus amical que d'habitude. Il me traita différemment des autres et orienta notre festin un peu comme si j'en avais été l'invité d'honneur. En vérité, je peux même dire que ce jour-là, il m'avait placé à égalité avec lui. Je vais peut-être trop loin, mais je pense que ce mauvais garçon, sentant que je constituais une menace pour lui, tentait de me gagner à lui en me faisant partager le goût du pouvoir.

Quoi qu'il en soit, j'étais totalement enivré par le traitement spécial dont Sokdae me faisait profiter. En rentrant chez moi, à la nuit tombante, j'avais même abandonné toute idée de révéler au maître son terrible secret et de tenter d'en tirer parti. Je croyais et je voulais que son empire soit éternel, je croyais et je voulais que les avantages que j'en retirais soient éternels. Et pourtant, en l'espace de quatre mois, ces espoirs et ces croyances furent anéantis, et Sokdae disparut de notre monde.

Les épisodes de cette révolution particulière, même si ce fut trop soudain et trop étrange pour être appelé une révolution, se déroulèrent de la façon suivante :

En passant en sixième, nous commençâmes à préparer activement l'examen d'entrée au collège. Nous eûmes un nouveau maître.

Celui-ci était très jeune, sorti depuis quelques années à peine du centre de formation pédagogique de l'Ecole normale. Il n'avait pas encore beaucoup d'expérience, mais ses capacités et son honnêteté étaient reconnues, et il avait été spécialement choisi pour s'occuper d'une classe d'examen.

Comme il convient à une personne sélectionnée parmi beaucoup d'autres, notre maître nous montra qu'il était différent dès les premiers jours de classe. Suffisamment pour ne pas laisser passer ni prétendre ne pas voir les petites choses, il nous réprimanda explicitement dès la fin de la classe.

— Pourquoi cette classe est-elle si morne ? On dirait que vous attendez toujours de voir comment réagit le voisin.

Après à peine trois jours, sa perspicacité exceptionnelle lui avait permis de saisir l'essence du problème. Il y eut une nouvelle élection du chef de classe, puisque c'était une nouvelle classe. Mais quand Sokdae fut élu avec cinquante-neuf des soixante et une voix, le maître se mit en colère.

— Qu'est-ce que c'est que cette élection ? L'unanimité, si on excepte son propre vote et un bulletin non valide ? Nous allons recommencer.

Sokdae, comprenant son erreur, tenta immédiatement de reprendre la situation en main. Mais lorsqu'il eut obtenu cinquante et une voix, le maître réagit de la même façon.

— Qu'est-ce que ça veut dire ? Mis à part Sokdae, les neuf autres ont obtenu une voix chacun ! Mais qu'est-ce que c'est qu'une élection dans laquelle il n'y a pas d'opposition ?

Déchargeant ainsi sa colère, il lança un regard furieux à Sokdae puis au reste de la classe. Néanmoins, il le confirma en tant que chef de classe, le résultat du vote ne lui laissant guère d'autre choix, mais on peut dire que notre étrange révolution commença ce jour-là.

— Ah les lâches ! Qu'est-ce que c'est que ce comportement ? Toujours regarder ce que fait le voisin !

Chaque fois qu'il y avait un problème difficile en mathématiques, il appelait Sokdae au tableau. Celui-ci, en se préparant de son mieux, essayait bien de s'en tirer, mais le maître ne semblait pas du tout prêt à s'en satisfaire. La rebuffade qu'il fit subir à Sokdae le lendemain du premier test d'évaluation en est un parfait exemple.

— Om Sokdae ! Comment peux-tu obtenir de si bons résultats lors des compositions et être si mauvais en classe ? Je ne comprends pas !

Le maître ne semblait pas deviner sa tromperie. Il y avait toujours un éclair de suspicion dans son regard, mais il dut reconnaître à contrecœur l'autorité du chef de classe et l'ordre qu'il avait imposé.

Malgré cela, l'attitude de notre maître eut une profonde influence sur le comportement de la classe. Quand il devint clair, petit à petit, qu'il n'était pas du côté de Sokdae, et que, bien loin de lui accorder la même confiance démesurée que notre ancien maître, il le soupçonnait, les élèves, qui n'auraient jamais bougé le semestre précédent, en dépit de tout ce que j'avais dit, commencèrent à se remuer. Même s'ils n'osaient pas affronter Sokdae en face, il y eut de petits actes d'opposition, et quelques-uns choisirent d'aller directement voir le maître plutôt que Sokdae quand survenait un problème.

Je le dis et je le répète, Sokdae était différent. Même s'il était plus âgé que nous, ce n'était malgré tout qu'un garçon de quinze ou seize ans, mais il savait déjà quand il lui fallait prendre patience ou abandonner du terrain. Il semblait avoir un instinct pour ce genre de choses. Ce qu'il aurait jusque-là réglé avec ses poings, il le réglait dorénavant avec un froncement de sourcils, et ce qui provoquait un froncement de sourcils ne lui arrachait plus qu'un sourire. Et il s'abstenait de réagir à l'encontre de ceux des enfants qui, l'esprit prompt, s'abstenaient de lui payer leur tribut. Il s'interdit complètement des expressions comme : "Tiens, c'est pas mal, ça !" ou : "Prête-le-moi !"

Je pense que Sokdae savait parfaitement quel danger l'échange de copies lui faisait courir, mais il ne pouvait pas l'arrêter. C'est comme s'il se trouvait déjà sur le dos du tigre. Il ne lui restait plus qu'à aller jusqu'au bout. J'imagine qu'il aurait pu faire une croix sur ses résultats scolaires, mais il n'était absolument pas question pour lui de renoncer à ce qu'il était depuis deux ans, à savoir Om Sokdae, le premier de l'école.

En fin de compte, la crise se précipita avec l'annonce des résultats après les premières compositions, vers la fin du mois de mars. Ce jour-là, le maître entra en classe, le visage gris et tranchant. Il lut immédiatement nos notes, et ajouta froidement :

— Om Sokdae, avec quatre-vingt-dix-huit points de moyenne, est le premier de toutes les sixièmes. Aucun des autres ne se trouve parmi les dix premiers. Voilà un mystère dont je veux avoir la solution aujourd'hui même.

Et il appela Sokdae d'une voix dure. Celui-ci, s'efforçant d'avoir l'air calme, se dirigea vers le pupitre.

— Va dans le coin, et allonge-toi sur l'estrade, dit le maître, sans donner d'explication.

Une fois Sokdae allongé, le maître prit l'épaisse baguette qu'il avait apportée en classe avec le livre d'appel et l'abattit sur ses fesses.

La classe, brutalement silencieuse comme sous le coup d'un jet d'eau glacée, retentit du bruit des coups et de la respiration saccadée de Sokdae qui tentait de résister à la douleur. La baguette, plus épaisse que le poignet d'un nouveau-né, commença à se fendiller, et des échardes jaillirent en tous sens. Pourtant, bien plus que la sévérité de cette raclée, c'est le fait que Sokdae puisse être battu qui me choqua le plus.

Sokdae battu ! Sokdae si pitoyable, si lamentable ! Ce ne fut pas un choc pour moi seulement, mais aussi pour toute la classe. Et il était évident que c'était justement ce que recherchait le maître. Entre-temps, la baguette avait diminué de moitié, mais le maître continuait à frapper. Se tortillant comme pour échapper à la souffrance, Sokdae finit quand même par s'effondrer dans un gémissement.

Le maître semblait attendre cet instant. Il abandonna Sokdae et revint vers son pupitre. Il chercha la copie de Sokdae et retourna vers celui-ci.

— Regarde ça, Om Sokdae. Tu vois la trace de la gomme là où il y a ton nom ?

Je réalisai soudain que le maître avait percé le secret de Sokdae. Plutôt qu'un sentiment de sympathie ou de crainte pour Sokdae, je ressentis alors une intense curiosité de savoir ce qui allait arriver. Je me demandai ce qui allait se passer s'il niait tout méfait, comme lors de l'histoire du briquet, et si les autres élèves allaient se grouper derrière lui, comme ils l'avaient fait alors.

— Je suis désolé.

Voilà la réponse décevante qui lui fut arrachée après un long silence. Après tout, ce n'était qu'un garçon de quinze ou seize ans, un être humain dont la résistance physique est limitée. Mais c'était sans doute le but de la terrible raclée que de lui arracher précisément cette réponse-là.

Quand ils entendirent la réponse de Sokdae, une autre vague vint secouer les élèves, quoique invisible. Sokdae renonce ! Une chose aussi improbable, là, devant leurs yeux. C'est ce que je ressentis aussi. Je tressaillis involontairement en l'entendant.

La réputation d'homme capable qu'avait le maître était probablement due à un esprit précis et méthodique. Sans perdre de temps, il passa immédiatement à la phase suivante, sans laisser à Sokdae le temps de réfléchir après sa capitulation.

— Parfait. Monte sur l'estrade. Mets-toi à genoux, assis sur les talons, bras en l'air.

Il s'approcha de Sokdae comme s'il allait recommencer la raclée. D'après ce qui suivit, on peut en conclure que Sokdae avait sans doute été temporairement assommé par cette attaque surprise. Il se dirigea vers le pupitre, se dandinant maladroitement, comme un animal conduit au fouet, leva les bras et s'agenouilla.

L'ancien Sokdae semblait de la même taille que le maître. En fait, vus séparément, on aurait même pu croire que Sokdae était plus grand. Mais ce jour-là, sa silhouette agenouillée se rétrécit soudain. Notre chef de classe d'hier, grand et fort, avait disparu sans laisser de trace, laissant la place à un garçon comme nous tous, qui recevait une raclée indécente. Au contraire, notre maître m'apparut comme deux fois plus grand et deux fois plus large. Et il restait là, nous regardant d'en haut, avec l'air d'un géant omniscient. Je ne peux que le supposer, mais j'imagine que tous les élèves ressentaient la même chose, et d'après ce que je sais, il me semble que c'était précisément ce que le maître avait en tête depuis le début.

— Park Wonha, Hwang Yongsu, Yi Ch'igyu, Kim Munse…

Le maître appela six garçons. C'étaient les meilleurs élèves de la classe, ceux qui avaient, chacun à leur tour, échangé leurs copies avec Sokdae. Leurs visages livides et embarrassés convergèrent vers le pupitre du maître. La voix de celui-ci devint un peu plus douce.

— Je sais que lors des compositions du mois dernier, vous avez tous effacé votre nom et écrit un autre nom sur vos copies. Alors ? Faudra-t-il aussi vous battre pour vous faire parler ? Ou bien allez-vous me répondre sans hésiter si je vous le demande gentiment ? Quel était ce nom ? Avec qui avez-vous échangé vos notes ?

Le maître n'en avait pas fini avec ses questions. Les yeux de Sokdae, vagues et à demi clos, se dressèrent soudain, laissant échapper un éclair de frayeur. Ses épaules, qui s'affaissaient sous le poids de ses bras tendus, furent soudain droites et solides. Les garçons tressaillirent à cette vue. Mais le vent avait tourné. Ils avaient constaté la faiblesse de Sokdae, et choisirent sans l'ombre d'une hésitation de répondre au maître, qui avait la force de son côté.

— Om Sokdae ! répondirent-ils tous ensemble.

Immédiatement Sokdae ferma les yeux, comme sous le coup de la douleur. Même si elles restaient visiblement closes, il me sembla que ses lèvres laissaient échapper un gémissement venu du plus profond de lui-même.

— Bien. Voyons maintenant, pourquoi en êtes-vous arrivés à faire une chose pareille ? Commençons par Hwang Yongsu.

Le maître avait parlé d'une voix plus douce encore que s'il avait cajolé. Sa baguette baissée, il semblait vouloir signifier qu'il accorderait son pardon à ceux qui lui répondraient franchement. S'accrochant à cet espoir, les garçons, comme si Sokdae n'était plus là, commencèrent à expliquer leurs raisons. Des choses comme : *J'avais peur qu'il ne me frappe*, ou : *Il me punissait sans raison*, ou : *Je ne voulais pas être exclu des jeux*, les choses dont j'avais moi-même souffert.

— C'est bon. Et que ressentiez-vous en faisant ça ?

Les élèves interrogés avouèrent tout. La moitié admirent qu'ils avaient tort et se sentaient coupables, l'autre moitié qu'ils avaient peur que le maître ne s'en aperçoive. Mais je ne compris pas la réaction du maître. A peine les garçons en eurent-ils fini que son visage changea brusquement.

— Ah, c'est comme ça ? cracha-t-il. Regardant les six coupables d'un air glacé, il cria d'une voix suffisamment forte pour nous faire tous sursauter.

— Vous tous, sur l'estrade, et allongés !

Et il se mit à leur administrer une raclée, dix coups chacun. Il frappa suffisamment fort pour que chaque enfant s'effondre deux ou trois fois. A la fin, la salle de classe retentit du bruit de leurs reniflements.

— Debout, tous !

Les reniflements se calmèrent, et le maître s'adressa aux six garçons, retenant difficilement sa colère.

— Si cela avait été possible, j'aurais évité de lever la main sur vous. L'échange des copies aurait pu être à la rigueur excusé si vous aviez été victimes d'une menace de la part de Sokdae. Mais quand je vous ai entendus avouer ce que vous ressentiez en agissant ainsi, je n'ai pas pu me retenir. Ce qui vous appartenait de plein droit vous a été arraché, et vous n'étiez même pas vraiment en colère. Vous vous êtes inclinés devant une force injuste et vous n'en avez même pas honte... Et dire que vous êtes les meilleurs de la classe ! Si vous continuez à vivre et à agir ainsi, vous en souffrirez tellement que la raclée d'aujourd'hui ne sera rien en comparaison. Je n'ose même pas imaginer quel genre de monde vous allez créer quand vous serez adultes. A genoux sur l'estrade, et bras levés ! Méditez un peu sur ce que vous êtes !

Je pense que le maître essayait de nous enseigner quelque chose qui était un peu trop difficile à comprendre. Aucun d'entre nous ne comprit réellement ce qu'il voulait dire. Et, de fait, quelque trente ans plus tard, certains d'entre nous n'ont toujours pas compris.

Quand le maître se tourna enfin vers le reste de la classe, les six garçons, le visage ravagé de larmes, étaient déjà agenouillés côte à côte sur l'estrade.

— Pour le moment, j'ai découvert que Sokdae et ces élèves-là avaient échangé leurs copies de composition. Mais ça ne me suffit pas. Si vous voulez rebâtir votre classe, il faut commencer par faire le ménage des mauvais jours du passé. J'ai tendance à penser que Sokdae a accompli bien d'autres méfaits. Je veux que chacun d'entre vous, en commençant par le numéro un, nous dise tout des mauvaises actions de Sokdae. Tout ce qu'il vous a fait subir.

Cette fois-là encore, il avait commencé avec une voix douce. Mais la colère réapparut quand il constata que nous hésitions à parler devant Sokdae, qui nous observait de tous ses yeux.

— J'ai entendu parler de ce qui s'est passé l'année dernière. Votre maître précédent m'a dit que personne n'avait écrit quoi que ce soit concernant les méfaits de Sokdae. Il en avait conclu qu'il n'y avait pas de problème dans la classe et avait continué à lui faire confiance. C'est la même chose pour moi aujourd'hui. Si vous ne me racontez rien, je n'aurai pas d'autre solution, une fois l'incident de l'échange des copies terminé, que de faire à nouveau confiance, comme avant, à Sokdae. C'est ça que vous voulez ? Parlez ! Numéro un !

Cela eut un effet immédiat. En fait, les élèves n'étaient pas aussi falots que je le pensais. Ils ne savaient tout simplement pas comment combiner leurs forces, mais la colère et l'humiliation qu'ils ressentaient au fond de leur cœur étaient différentes des miennes. Leur participation au changement aussi. Maintenant qu'elle était venue jusqu'à leur porte et menaçait de s'interrompre, ils s'y accrochaient.

— J'ai prêté à Sokdae mon taille-crayon, et il me l'a pas rendu. Il m'a pris une bille d'acier une semaine où on avait le droit d'en avoir…

Le numéro un, le deux, le trois, le quatre laissèrent sortir tout ce qu'ils savaient. Les méfaits de Sokdae étaient déversés comme l'eau jaillissant d'un barrage. Il y avait les reproches sexuels, comme d'avoir été obligé de soulever les jupes des filles, ou de se savonner les mains et de se masturber. Il y avait aussi l'exploitation économique, comme d'obliger les enfants de boutiquiers à donner tant par semaine, les enfants de fermiers à apporter fruits et graines, et ceux des colporteurs à fournir de la ferraille pour pouvoir l'échanger contre des caramels. Et des choses comme nommer un garçon chef de groupe contre cent hwans, ou rassembler l'argent pour un projet de nettoyage de l'environnement et s'en approprier une partie. De même ressortit l'essentiel de l'histoire de tout ce qu'il avait fait contre moi le semestre d'avant.

L'attitude des enfants qui dénonçaient Sokdae était extraordinaire. Au début, ils regardèrent le maître en parlant d'une voix haletante. Puis, petit à petit, leurs voix montèrent, leurs yeux s'allumèrent, et ils se mirent à regarder directement Sokdae. Finalement, ils en vinrent à s'en prendre à lui plutôt que de le dénoncer au maître. Ils employèrent même des *chien* et des *salaud*, ce qu'ils n'auraient pas osé faire en temps normal.

Mon tour vint enfin. Numéro trente-neuf.

— Je ne sais vraiment rien, dis-je, regardant directement le maître. La salle devint instantanément silencieuse. Mais, l'instant d'après, ce furent mes camarades, et non le maître, qui s'en prirent à moi.

— Quoi ! Tu prétends que tu ne sais rien !

— Salaud ! T'es qu'une marionnette de Sokdae !

— T'es qu'une lavette !

Ils se mirent à m'insulter comme s'ils avaient voulu m'agresser, n'était la présence du maître. Je vacillai devant leur désir meurtrier, devant la force cauchemardesque de leur attaque, mais je tins bon.

— Je ne sais pas. Il n'y a pas très longtemps que je suis arrivé…

Je ne les regardai pas. Je fixai le maître et répétai ce que j'avais dit. Les élèves s'en prirent à moi plus violemment encore. Le maître, qui me dévisageait calmement, avec un air indéchiffrable, les fit taire.

— Je vois. Numéro quarante.

Ma raison de me comporter ainsi était faite pour moitié de sincérité et pour moitié d'orgueil. Même si j'avais été particulièrement proche de Sokdae ces quatre derniers mois, il avait tout fait pour dissimuler les choses les plus intimes et les plus honteuses. Ce que j'avais souffert à cause de lui m'avait atteint indirectement. Je n'avais aucune preuve. Et la majeure partie avait déjà été révélée par les autres. De plus, ma situation pendant cette année de sixième n'était pas particulièrement propice pour me permettre de découvrir les méfaits de Sokdae. Pendant le premier semestre, j'avais été seul opposant, et pendant le second, son bras droit, ce qui m'empêchait d'être le genre d'ami auquel on confie ce qui vous tourmente. Il en résultait que je n'avais qu'une vague idée de l'existence de ces choses mauvaises. Je n'avais vraiment aucun moyen de savoir ce qui se déroulait secrètement dans chaque coin de la classe.

L'orgueil, ou le respect pour moi-même, que je ressentis ce jour-là fut provoqué par l'attitude de mes camarades qui dénonçaient Sokdae. Les plus zélés et les plus agressifs à révéler ses mauvaises actions peuvent être grossièrement divisés en deux groupes : ceux qui avaient sincèrement essayé de gagner les faveurs de Sokdae, mais qui, pour une raison ou une autre, avaient échoué, et ceux qui avaient été, jusqu'à ce matin-là, de son côté et avaient accompli ces mauvaises actions en son nom. Même s'il ne faut pas nécessairement longtemps à un homme pour se repentir – on dit qu'un boucher peut devenir un bouddha s'il abandonne son couteau – leur soudaine manifestation de droiture ne me convainquit guère. Maintenant encore, je n'accepte pas les gens qui se convertissent à une autre religion du jour au lendemain, ou ceux qui changent d'idéologie brusquement, en particulier lorsqu'ils gesticulent en public. Certes, si j'avais voulu m'en prendre à Sokdae, ce ne sont pas les moyens qui m'auraient manqué, mais je restai silencieux ce jour-là en raison d'une sorte d'orgueil qui était en fait une réaction contre l'attitude des autres. Ils m'apparaissaient comme de parfaits hypocrites, des apostats qui avaient attendu la chute de Sokdae pour s'en prendre à lui et le piétiner une fois tombé.

Le numéro soixante et un fut le dernier. Quand il en eut terminé avec sa dénonciation, la cloche retentit. Mais le maître ignora la fin de la première heure de cours.

— Bien, j'estime que c'est une bonne chose que vous ayez retrouvé votre courage. Il semble que l'on puisse à nouveau s'en remettre à vous pour l'avenir, et c'est heureux. Néanmoins, vous devez payer pour cela. En premier lieu, en raison de votre lâcheté, et en second lieu pour cette leçon qui concerne votre avenir. Il n'est pas si facile que cela de retrouver une chose perdue. Si vous n'apprenez pas maintenant, la prochaine fois qu'une telle chose vous arrivera, vous attendrez encore un maître comme moi. Et quelles que soient les souffrances et les difficultés, vous ne vous y opposerez pas et vous ne saurez pas ce que vous avez perdu. Vous attendrez toujours que quelqu'un s'en charge à votre place.

Après en avoir terminé, le maître se dirigea vers le placard et en sortit un balai avec un manche de chêne. Il vint se replacer devant l'estrade et ordonna, à voix basse :

— Venez ici un par un, en commençant par le numéro un.

Ce jour-là, nous reçûmes tous cinq coups. Des coups violents, comme les élèves qui avaient déjà été battus, et la classe se transforma une fois encore en mer de larmes.

— Voilà : Votre maître a fait tout ce qu'il pouvait faire pour vous. Retournez à vos places. Om Sokdae aussi. Je veux maintenant que vous discutiez pour savoir comment vous pouvez faire de votre classe la meilleure. Vous avez déjà appris comment tenir une réunion, et vous savez comment vous forger une opinion et voter. A partir de maintenant, je m'assieds et je me contente de vous regarder faire.

La punition semblait l'avoir épuisé. Il alla s'asseoir dans son fauteuil, dans un coin de la classe. Rien qu'à le voir, sortant son mouchoir et épongeant son front, vous auriez pu deviner à quel point notre punition avait été sévère.

Je pensais que les élèves ne savaient pas, ou avaient oublié, comment organiser une réunion d'élèves, mais maintenant qu'ils en avaient l'occasion les choses furent très différentes. L'atmosphère était un peu irréelle, et ils firent preuve de quelque maladresse, parvenant toutefois, à leur façon, à imiter les enfants de Séoul. Leur hésitation à parler ne dura pas. Ils reprirent vite confiance en eux-mêmes. Ils rédigèrent des motions qu'ils soutinrent et votèrent. Ils décidèrent d'abord de former un comité intérimaire, avec pour tâche de superviser de nouvelles élections de délégués.

Cela peut sembler un peu tardif, mais cela explique pourquoi j'appelle la chute de Sokdae une révolution, même si elle n'avait rien de très révolutionnaire. Quoique nous devions à notre maître une grande part de notre force et de notre volonté de détruire l'empire de Sokdae, la construction de l'ordre nouveau fut indubitablement le produit de nos forces et de nos volontés. En employant le mot révolution, j'ai voulu respecter les efforts de notre maître, qui faisait tout pour nous rappeler que l'événement de ce jour-là était le fruit de notre propre capacité, de notre propre volonté. Kim Munse, chef de classe adjoint, fut élu à main levée. Suivant ses recommandations, les élèves élurent le comité intérimaire chargé de vérifier et d'enregistrer les bulletins de vote.

Finalement, l'élection eut lieu. Elle dura deux heures. Théoriquement, seuls le chef de classe, le chef adjoint et le trésorier étaient choisis par élection, mais cette fois-ci, les cinq responsables des commissions du comité et même les chefs de groupe furent élus. Ce fut le début d'une tendance à faire des élections pour tout, qui sema une certaine confusion dans notre classe.

Le dépouillement des bulletins était presque terminé. Il n'y avait pas eu de candidatures, ce qui faisait que presque la moitié des noms étaient inscrits au tableau, avec presque tous le même nombre de voix. Soudain, nous entendîmes le bruit de la porte arrière de la classe qu'on ouvrait violemment. Tous les regards étaient fixés sur le tableau des résultats. Nous retournant, nous aperçûmes Sokdae, qui s'apprêtait à sortir.

Il s'arrêta et nous regarda férocement.

— Faites comme vous voulez, salauds !

Puis il s'enfuit prestement dans le couloir et se sauva. Le maître, occupé à surveiller les opérations, l'avait oublié. Il l'appela et se lança à sa poursuite, sans pouvoir le rattraper.

Cet événement déconcerta quelque peu les élèves, mais le décompte des voix reprit bientôt. Kim Munse obtint seize voix, Park Wonha treize, Hwang Yongsu onze, trois garçons respectivement cinq, quatre et trois voix. Il y eut encore quelques voix dispersées et deux bulletins nuls, en tout soixante et un bulletins.

Sokdae n'obtint pas le moindre suffrage. On peut en conclure qu'il s'était sauvé pour ne pas avoir à subir l'humiliation du résultat définitif. Mais il n'avait pas seulement fui cette humiliation, puisqu'il ne revint plus jamais à l'école.

Bien que cela soit un peu gênant, je veux expliquer aussi ce qu'il y avait derrière ces deux bulletins nuls. L'un était indiscutablement celui de Sokdae, et l'autre était le mien. Je n'avais pas agi ainsi en réaction contre la révolution. Ce n'était pas plus une tentative de m'accrocher à un ordre en décomposition, ni une nostalgie quelconque envers un pouvoir perdu. Car, à partir du feu allumé par notre maître, l'ardeur de la révolution m'avait aussi atteint peu à peu, et ce que j'attendais de notre nouvelle classe était comparable à ce qu'en attendaient les autres.

Néanmoins, au moment de choisir un chef de classe, je plongeai en pleine confusion. Il n'y avait aucun garçon supérieur aux autres, soit par son travail, soit par ses poings, soit par un talent quelconque, qui pût être exempté des critiques dirigées contre Sokdae. Tous les meilleurs ou bien l'avaient aidé à tromper le maître et à en gagner les faveurs en trichant lors des compositions, ou bien l'avaient secondé pour faire régner son ordre impitoyable. C'étaient eux qui m'avaient fait souffrir le plus quand je me battais seul contre Sokdae et, quand je devins, par un renversement soudain, plus proche que tous de celui-ci, ce furent encore eux qui me jalousèrent et m'envièrent.

Mais je ne pouvais pas non plus soutenir les imbéciles qui, après six ans, ne pouvaient toujours pas réciter leurs tables de multiplication, ou les crâneurs tout juste capables de s'en prendre aux petits du premier rang, qui éclataient en sanglots à la moindre bagarre.

Et je ne pouvais pas non plus me présenter : jusqu'à ce matin-là, je m'étais parfaitement contenté des faveurs spéciales dont Sokdae me gratifiait. Aussi mon vote fut-il au fond une abstention déguisée en bulletin nul. Mon misérable nihilisme, qui m'empêchait d'appréhender la réforme avec optimisme, commença sans doute à fleurir ce jour-là.

Pourtant, quels qu'aient été mes sentiments personnels, les élections eurent lieu calmement, et nous fûmes si consciencieux dans notre marche vers l'autodétermination que même les chefs de groupe furent élus. L'essentiel des règles qui dictaient notre vie quotidienne fut modifié. Tout était décidé par un débat et un vote, au point que me semblaient ridicules mes souvenirs de Séoul. Par voie de conséquence, toute contrainte, autre que celles qui étaient prévues par l'école ou le maître, fut proscrite. La révolution du 19 Avril éclata peu après le départ de Sokdae, mais je n'oserais pas affirmer qu'elle ait eu une influence quelconque sur des gens aussi jeunes que nous.

Naturellement, la révolution apporta son content de confusion et de fatigue. Et, indépendamment de cela, nous eûmes à en payer un prix exorbitant, quelques mois plus tard, à l'intérieur comme à l'extérieur, pour ne pas avoir été capables de mener à bien l'éclatement et la conclusion de notre démarche. Confusion et désorientation furent le prix à payer pour la déformation de nos consciences. Encouragés par le maître et par un sentiment de triomphe sans fondement, une partie d'entre nous se montrèrent excessivement progressistes, alors que ceux qui ne s'étaient pas encore complètement libérés du poids de l'ordre de Sokdae ne savaient quoi faire. Il en alla de même pour les responsables. Si j'emploie des mots d'adultes, d'une part, ils penchaient de tous côtés avec la majorité, trop fidèles aux principes démocratiques, de l'autre, incapables de liquider totalement l'autoritarisme, ils rêvaient secrètement de devenir de petits Sokdae.

De plus il y avait une boîte à idées, qui en fait ne servait pas à recueillir les doléances de citoyens, mais permettait plutôt à des complots de prendre forme, tant et si bien que, chaque semaine, un membre du conseil était destitué.

A l'extérieur de l'école, ce fut la vengeance cruelle de Sokdae qui nous fit souffrir le plus. Pendant presque un mois à compter de sa disparition, il fallut compter chaque jour sur une absence. Sokdae s'arrangeait pour occuper une situation avantageuse et ainsi empêcher quelques garçons de venir à l'école. Et cela ne se limitait pas à une journée d'absence involontaire : il les traînait dans quelque coin reculé, et, là, leur faisait payer le prix de leur trahison. Sans aller toujours aussi loin, il se contentait quelquefois de déchirer leur sac avec un couteau ou de jeter ce sac, livres et casse-croûte inclus, dans une fosse septique. Sa vengeance s'avéra si acharnée que certains en vinrent à regretter ouvertement de l'avoir jeté dehors.

Avec le temps, toutefois, les défis internes et externes furent relevés.

D'abord Sokdae. La méthode du maître fut une fois de plus assez particulière. Pour une raison quelconque, il s'en prit aux élèves que Sokdae avait obligés à être absents, et les punit avec des raclées et des réprimandes plus sévères que jamais, même si ceux-ci n'y pouvaient rien.

— Cinq d'entre vous qui se laissent impressionner, une journée entière, par un seul garçon !

Ou encore :

— Vous aviez les mains attachées, peut-être ?

Puis il les battait sans pitié, comme s'il était soudain devenu un autre homme. Nous ne comprenions pas, mais cela produisit vite un effet.

Un jour, cinq garçons particulièrement durs, du quartier du marché aux bestiaux, s'en prirent à Sokdae. Celui-ci fut plus féroce que jamais, mais les cinq autres l'attaquèrent comme si leur vie en dépendait, et il finit par être chassé, ne faisant pas le poids contre cinq. Le maître leur fit des compliments devant nous tous, leur offrant à chacun le livre du président Kennedy *Le Courage en politique*, qui avait beaucoup de succès à l'époque. Le lendemain, il arriva exactement la même chose avec les garçons qui venaient de Mich'ang. Sokdae ne réapparut plus jamais.

L'attitude de notre maître à l'égard de notre désordre fut tout à fait différente. Si bruyante que soit devenue notre classe, et si brouillon que soit devenu notre travail, en raison des incompréhensions ou des querelles, le maître n'y prêta pas la moindre attention. Il ne nous donna pas le moindre conseil, même quand les réunions du conseil se résumaient à trois ou quatre heures d'affrontement le samedi après-midi ou quand le chef de classe et son adjoint étaient remplacés au moins une fois par mois, en raison de nouveaux troubles provoqués par une information secrète en provenance de la boîte à idées, et concernant une faute dérisoire. Il se contentait de regarder calmement, sans donner de conseils.

En conséquence, il se passa presque un semestre entier avant que notre classe retrouve son rythme normal. Après les vacances d'été, l'examen d'entrée au collège ne fut plus qu'à trois ou quatre mois devant nous, ce qui absorba toute l'attention des élèves intelligents. Mais la véritable raison en était que nous avions tiré la leçon de l'expérience sous la forme d'une certaine maîtrise de nous-mêmes. Pendant ces cinq ou six mois passés à nous chamailler, à couper les cheveux en quatre, à nous affronter et à nous agiter, nous avions appris ce que signifiait se contrôler. Il faudrait encore un long moment, néanmoins, pour que nous puissions comprendre l'intention profonde de ce maître qui nous avait surveillés pendant tout ce temps.

Quand la classe redevint normale, ma conscience défigurée, dénaturée, retrouva sa forme première. En termes d'adultes, ma conscience de citoyen, qui m'avait fait défaut lorsque je m'étais abstenu à l'occasion de l'élection du nouveau chef de classe, reprit forme grâce à la confiance et à l'espoir, et, en fin de compte, ma croyance en la liberté et en la raison en fut revivifiée. De temps en temps, quand, par exemple, je voyais des élèves brailler ou discutailler sans fin sur des choses dénuées d'intérêt, tandis que la solution me paraissait toute simple, ou lorsque des garçons restaient à l'écart d'un projet qui rendait nécessaire la participation de tous, faisant échouer toute la classe, la façon de faire de Sokdae pouvait fugitivement sembler plus efficace. Il était difficile de résister à une telle pensée, mais ce n'était rien d'autre qu'une simple tentation.

Après la bagarre avec les garçons de Mich'ang, Sokdae disparut, non seulement de notre coin, mais même de la ville. J'entendis dire plus tard qu'il était allé rejoindre sa mère à Séoul. Celle-ci avait perdu son mari de bonne heure, et avait laissé Sokdae encore petit à ses grands-parents pour pouvoir se remarier.

Par la suite, ma propre vie fut agitée. Harcelé par les exigences de l'école et de mes parents, je ne sais pas comment je fis pour aller jusqu'au bout du semestre, mais grâce à la préparation frénétique de l'examen d'entrée, je parvins de justesse à entrer dans un collège d'un niveau correct. Les dix années suivantes furent consacrées aux études et aux examens. En conséquence, le souvenir de Sokdae, très vivant pendant un certain temps, finit par s'effacer, et quand enfin je me retrouvai dans la vie active, ayant péniblement fait mon chemin dans un lycée et dans une université de haut niveau, ce souvenir ne fut plus qu'un fantôme sans signification, une chose apparue et disparue au cours d'un bref cauchemar.

Néanmoins je n'oubliai pas Sokdae uniquement en raison du rythme fou ou des difficultés de ma propre vie. Ce fut plutôt parce qu'il n'y avait plus rien dans mon environnement pour me rappeler cette période de ma vie. Ayant grandi dans un cercle de grandes écoles et d'excellents étudiants, je n'eus plus à connaître cette sorte de répression ou de suppression des valeurs. La capacité et les efforts, en particulier les capacités intellectuelles, étaient devenus des facteurs décisifs, et, en passant dans des endroits où l'autonomie et la raison régnaient, Sokdae ne pouvait que rester enfoui, comme une sorte d'image de l'injustice.

Ce ne fut qu'après le service militaire qu'il me revint à l'esprit, à une époque où je me vautrais dans le bourbier de la vie. Cela dura quelque dix années. Tout d'abord, comme il incombe au produit d'une école de premier plan, j'entrai dans une grande entreprise. Deux années plus tard, sentant que ce n'était qu'un château bâti sur du sable, je la quittai et recommençai à zéro, cette fois-ci en tant que représentant qualifié. Je ne voulais plus gaspiller ma jeunesse et mon talent à travailler pour un groupe dans lequel il n'y avait pas de liberté, dans lequel la direction était pétrie de contradictions et où la progression des carrières était injuste. Rêvant à l'âge des représentants qui ne pouvait manquer d'avenir, je consacrai trois années à vendre avec zèle les produits des grandes entreprises de ce pays, produits largement défectueux et vantés par des publicités tout à fait mensongères. Tandis que je m'agitais avec mes catalogues pour médicaments, assurances ou accessoires pour autos, la seconde partie des années soixante-dix et ma jeunesse passaient.

Le temps de découvrir qu'un représentant n'était, dans ce pays, rien d'autre qu'un consommateur comme un autre, un produit jetable fabriqué par l'une des grandes sociétés, estampillé d'une date de validité de deux années au plus, j'étais déjà un pauvre père de famille d'âge mûr.

Ce que je constatai alors autour de moi me sidéra. Ces sociétés géantes, ces châteaux de sable, prospéraient largement. Les visages de mes anciens collègues, qui avaient été promus chefs de département, étaient ceux de la réussite. Un de mes camarades d'école s'était lancé dans l'immobilier, et les baux seuls lui permettaient de s'offrir le golf. Un ami avait ouvert une boîte avec trois fois rien et plastronnait avec l'argent qu'il s'était fait grâce à un produit dont lui-même ignorait tout. Un autre, que je croyais devenu militaire, occupait un poste de rêve dans l'administration centrale. Un autre encore, qui avait échoué même comme simple répétiteur et n'était entré que dans une école pire que tout s'était débrouillé pour obtenir un doctorat aux Etats-Unis et jouait un peu partout au professeur.

J'étais pressé. Parvenu à ce stade, je n'étais plus attiré par les étapes peu gratifiantes de cette sorte de promotion, ni par les structures sociales sur lesquelles elle était bâtie, mais seulement par les avantages que mes amis et connaissances en tiraient. En un mot, je voulais me faire une petite place au bout de la table. Mais mon impatience m'enfonça plus profondément encore dans le marécage de ma vie. Je vendis mon appartement de trente-cinq mètres carrés, que je n'avais acheté qu'au prix de lourds sacrifices, et j'ouvris une agence dans un créneau à haut risque, avec de l'argent emprunté ici et là.

Cette belle aventure me conduisit droit au chômage et à une chambre en location de quatre mètres carrés.

Sans travail, je pris du recul et vis bien mieux le monde. Ce fut vers cette période que je commençai à avoir le sentiment d'être passé dans un monde étrange. Là, mes notes d'école et mes autres résultats n'avaient plus cours. C'était comme si j'avais été jeté dans un royaume cruel qui avait ses règles propres. Et Om Sokdae commença à ressortir de la confusion du passé.

Dans un monde comme celui-là, il serait redevenu chef de classe, d'une façon ou d'une autre – j'en suis absolument certain –, une classe dans laquelle un Sokdae aurait à nouveau pu décider des classements, dans laquelle il aurait eu la haute main sur les récompenses et les réjouissances. De temps en temps, je rêvai que j'avais retrouvé avec bonheur cette classe-là, et que je profitais à nouveau de la vie à ses côtés, comme dans le bon vieux temps, et que le réveil serait décevant.

Par chance, le monde réel n'était pas comme notre ancienne classe. Il y avait quand même des endroits où le savoir pouvait être utilisé. Je trouvai à m'embaucher dans un institut privé. Il ne fonctionnait pas vraiment comme autrefois, et, quoique j'eusse quelque peine à m'adapter à la vie d'un lecteur si fraîchement embarqué dans cette voie, je fus en mesure de subvenir largement aux besoins de ma femme et de mes enfants. Et, en quelques mois, la vie s'était suffisamment améliorée pour me permettre de rêver que j'aurais ma propre maison. Mais cela ne changea rien à la conclusion à laquelle j'étais arrivé concernant Sokdae.

Des amis de l'époque de l'école primaire confirmèrent cette opinion quand je les rencontrai.

— C'est vraiment quelqu'un, ce Sokdae ! Je l'ai vu passer, à l'arrière d'une Grenada tout confort, avec un air supérieur !

— Je suis retourné chez nous, Sokdae y avait fait le vide. J'ai réuni des vieux amis pour boire un pot, mais ils n'ont parlé que de lui. Il paraît qu'il est descendu avec deux autres types et qu'il a littéralement nettoyé la grand-rue de tout l'argent qu'il y avait.

Ils parlaient tous avec de l'admiration dans la voix, mais j'avais le sentiment qu'ils le rabaissaient volontairement.

Notre Sokdae ne pouvait pas être aussi petit. Si c'était là ce qu'il pouvait faire de mieux en termes de succès, dans l'acception vulgaire du mot, cela ne pourrait pas expliquer ma vie, qui semblait vouée à l'échec.

Et notre Sokdae n'aurait pas eu à exposer tant d'argent et de pouvoir. Caché quelque part, il devait contrôler clandestinement le secteur du monde dans lequel j'évoluais, prêt à m'accueillir dès que j'abandonnerais mon souci de liberté et de justice. Si je mettais à sa disposition une partie de mes capacités, nul doute que, comme autrefois, il m'offrirait presque tout.

Je finis par le rencontrer. C'était l'été dernier. Je m'étais arrangé pour avoir quelques jours de congé au moment de l'examen d'entrée à l'université, et je voulais emmener ma femme et mes enfants à Kangnung. Comme je voulais que ce soient de véritables vacances, je ne comptais pas lésiner sur les dépenses. Mais tous les tickets pour le train express *Saemaul* étaient vendus, et nous fûmes obligés de voyager dans un train incroyablement mauvais. Nous avions chacun un enfant sur les genoux, parce qu'ils étaient encore trop jeunes pour justifier l'achat de billets séparés. Les enfants étaient grincheux, les couloirs pleins de passagers et l'air conditionné ne fonctionnait pas bien. A peine arrivâmes-nous à Kangnung que nous sortîmes du train pour nous précipiter vers la sortie. Soudain, une voix familière retentit derrière moi.

— Lâchez-moi ! Vous allez pas me lâcher !

Me tournant machinalement vers l'endroit d'où venait cette voix, je vis un robuste jeune homme, dont les bras étaient tenus par ce qui sembla être deux policiers en civil. Il se débattait pour se libérer. Il était vêtu d'un costume beige et portait une cravate brune assortie. Sa manche gauche avait été déchirée pendant l'altercation. Le visage, derrière des lunettes de soleil, me sembla étrangement familier. Je m'arrêtai sans m'en rendre compte.

— Gigote tant que tu veux. Tu es fait comme un rat. La gare est entièrement surveillée, cracha froidement l'un des policiers, sortant une paire de menottes de sa poche.

Le prisonnier redoubla d'efforts en les voyant.

— Salaud, c'est une raclée que tu veux ?

L'autre policier, incapable d'en supporter davantage, le frappa sur la bouche. Le coup fit voler les lunettes de soleil. Le visage du prisonnier apparut entièrement. Je fus bouleversé de reconnaître Om Sokdae. Trente années environ avaient passé, mais je pus reconnaître sur l'instant la haute lame de son nez, le menton dur et l'éclat dans ses yeux.

Je fermai les yeux comme si j'avais vu quelque chose que je n'aurais pas dû voir. Devant moi apparut une vision vieille de vingt-six ans : Sokdae à genoux sur l'estrade, les mains levées. Il n'avait ni la tragique beauté d'un héros vaincu, ni quoi que ce soit d'autre. Il n'était qu'un faible parmi nous tous.

— Qu'est-ce qu'il y a, chéri ? demanda ma femme, inquiète, en tirant doucement ma manche. Elle était debout près de moi, ignorant ce qui se passait. Je rouvris les yeux et regardai à nouveau en direction de Sokdae. On l'emmenait de force, tandis qu'il essuyait de ses mains attachées sa bouche qui saignait. Il me jeta un regard en passant, mais ne sembla pas me reconnaître.

Cette nuit-là, à côté de ma femme et de mes enfants endormis, je bus très tard. Je finis par verser quelques larmes. Mais quant à savoir si elles étaient pour lui ou pour moi, si elles étaient provoquées par un soulagement ou par un nouveau pessimisme, voilà ce que je ne pourrais dire.

POSTFACE

Yi Munyol est loin d'être le seul à parler des réalités du pouvoir dictatorial. C'est même aujourd'hui plus qu'une mode : l'injonction à témoigner freine dans une certaine mesure l'expansion de la littérature coréenne. Mais Yi Munyol agit une fois de plus de façon fort particulière. Là où tant d'autres présenteront un dictateur affreux, martyrisant des victimes innocentes, il déplace les problèmes et oblige ses lecteurs à reformuler leurs questions et à réexaminer leurs certitudes.

Dans le cadre de sa petite école primaire de province, il y a bien un dictateur au petit pied, écho d'un hors-texte autrement plus dramatique. Mais la force de ses poings ne peut en rien expliquer le maintien prolongé de son pouvoir, ni l'efficacité de celui-ci, ni la complicité systématique des autres enfants et de tous les adultes.

En refusant d'avoir recours à un vocabulaire moralisateur et classificateur, en annonçant par avance les événements, *Yi Munyol* met en scène sa version du Verfremdung-seffekt, *de l'effet d'étrangeté, destiné à obliger le lecteur à interroger le pourquoi des choses en lui imposant le spectacle du comment.*

Si cela détonne sur l'ensemble de la production réaliste engagée contemporaine, cette façon de faire ne lui est pas entièrement propre. Mais tout l'art de Yi Munyol tient sans doute au fait qu'il sait tirer parti de sa technique d'écriture. Le narrateur (un enfant aussi) ne sera ni héros ni œil divin, ni spectateur neutre. C'est un personnage impliqué, tout à la fois révolté et lâche, indigné et profiteur. Les processus de l'identification se mettent naturellement en place, et mettent le lecteur dans l'impossibilité d'avoir recours à une indignation facile ou à l'illusion de croire que je est un autre. L'interrogation voulue par l'auteur s'impose à chacun : Qu'y a-t-il eu dans le comportement de chaque Coréen pour que dure si longtemps cette dictature ?

Projet littéraire et regard politique convergent : Yi Munyol utilise à merveille les ressorts du "chungp'yon", le "roman court", qui permet d'ajuster exactement la mesure du texte à celle du propos, sans subir les lois des revues ou des formats éditoriaux. Ce genre intermédiaire, qui évoque la "novella", semble bénéficier d'un regain de faveur un peu partout dans le monde.

Cette évolution à laquelle elle participe montre une fois encore que la littérature coréenne n'est en rien secondaire ou anecdotique.

CH'OE YUN ET PATRICK MAURUS

TABLE

OUVRAGE RÉALISÉ
PAR LES ATELIERS GRAPHIQUES ACTES SUD
PHOTOCOMPOSITION : SOCIÉTÉ I.L.,
A AVIGNON.
REPRODUIT ET ACHEVÉ D'IMPRIMER
EN AOÛT 1990
PAR L'IMPRIMERIE FLOCH
A MAYENNE,
SUR PAPIER DES
PAPETERIES DE JEAND'HEURS.
POUR LE COMPTE DES ÉDITIONS
ACTES SUD
LE MÉJAN
13200 ARLES

DÉPÔT LÉGAL
1ᵉ ÉDITION : SEPTEMBRE 1990
Nᵒ impr. : 29674

(Imprimé en France)